漂移丛书

情绪的启示

纪梅／著

云南大学出版社
YUNNAN UNIVERSITY PRESS

图书在版编目（CIP）数据

情绪的启示 / 纪梅著. —昆明：云南大学出版社，2017
（漂移丛书）
ISBN 978-7-5482-3061-8

Ⅰ.①情… Ⅱ.①纪… Ⅲ.①诗歌评论—中国—当代—文集 Ⅳ.①I207.22-53

中国版本图书馆CIP数据核字（2017）第178125号

策划编辑： 徐　曼　**责任编辑：** 宋　武　**装帧设计：** 刘　雨

漂移丛书

情绪的启示

纪　梅 / 著

出版发行： 云南大学出版社
印　　装： 昆明市五华区教育委员会印刷厂
开　　本： 889mm×1194mm　1/32
印　　张： 6.5
字　　数： 105千
版　　次： 2017年11月第1版
印　　次： 2017年11月第1次印刷
书　　号： ISBN 978-7-5482-3061-8
定　　价： 32.00元

社　　址： 昆明市一二一大街182号（云南大学东陆校区英华园内）
邮　　编： 650091
电　　话：（0871）65033244　65031071
网　　址： http://www. ynup. com
E-mail： market@ynup. com

本书若发现印装质量问题，请与印厂联系调换，联系电话：0871-64167045。

语言漂移说正义（代序）

李　森

“语言漂移说”简称“漂移说”。它认为一切艺术语言均处于漂移状态，在漂移中生成诗意或非诗意，在漂移中寂灭或退隐、凝聚或新生；它认为诗性的创造既不来源于本质，也不来源于现象，而源于语言在漂移时刻的诗意生成。

语言漂移说之语言即艺术语言，它包括艺术中的日常语言、书写语言、视觉语言和符号语言等语言范畴。艺术语言既非形而上，也非形而下，而在形而中。“形而中”是艺术语言的滑翔地带，它摩擦着形而上和形而下穿行，形成自为自在的独立时空。我多年前试图阐明的“形而中诗学”作为一种诗学方法，是漂移说语言运动方法的构成部分。

一切艺术（包括狭义的语言艺术和广义的语言艺术），都在语言漂移说的观照范畴之内。

一切艺术都是语言艺术，除此之外，便无艺术。比如行为艺术，它是一种身体表现的艺术，身体在表现的场域（时空）中形成身体语言。身体语言只有在观照的时刻，才能生发为艺术语言。

一切艺术的可阐释性都包涵在其语言结构中，而不在语言结构之外。存在着脱离艺术语言的阐释，但那是非艺术阐释。非艺术阐释之大行其道，已经使艺术阐释全面沦落。

概念或观念阐释总是脱离艺术语言的阐释而自成系统，这种阐释或是哲学式的，或是社会学、文化学、人类学的，等等。非艺术阐释或是对艺术的过度阐释，或是语言漂移超越了艺术阐释的某种路径而形成的另外一种阐释。

语言运动的能力或张力，为任何阐释提供了可能性。艺术阐释如果有价值，那就必须为它划定一个界限，这个界限即是贴着艺术语言阐释的界限。

语言漂移说划定艺术阐释和非艺术阐释的界限，是为了证明艺术语言存在的不稳定性，不完全为了证明阐释的无效。然而，艺术阐释的无效性，亦是语言漂移的一种结果。

所谓阐释，当是语言漂移的路径，但不是说艺术需要阐释才能成其为艺术。事实上，那些伟大的艺术作品犹如一株芬芳出尘的空谷幽兰，它自身的存在已经达到了自足、直观、圆融的境界，它的存在本身无需阐释，因此，它反对阐释。不过，也正因为如此，它有无限多的可阐释性。但必须指出，那种种阐释，是开放的艺术语言自身被灵魂摩擦、砥砺而激活的诗意再生，不是概念或观念对艺术之美的反映。

语言漂移说的方法不仅是对艺术阐释的观照，也是对艺术创作的观照。

有效的艺术阐释或生成某种概念或观念，但其阐释路径总是贴着艺术语言，这是无需证明的常识；而无效的艺术阐释则必然形成“概念控”或“观念控”的逻辑系统，以“自圆其说”的冠冕堂皇调子反对常识。

有效的艺术阐释滋生诗意，甚至是无限多的诗意，它是诗意创造的种种形式；而无效的艺术阐释只有一个目的，那就是通过逻辑归纳和演绎系统获得知识。“自圆其说”的理论知识，多数是强词夺理的“伪知识”。

可靠而有效的艺术创作不表达、分有概念或观念的内涵。其创作过程或与概念和观念发生碰撞，但最终，它总是以一种回归事物、事态原初直观显现的力量，将概念和观念溶解而化生，恰如大海和盐。

从语言漂移说来观照，艺术理论、批评即创作。没有先验的某种理论和批评的出发点，只有具体的语言凝聚和绽放的路径。有效的艺术理论和批评在表达路径中成就自身，它不利用语言的表达或扩张能力奔向某个目标。作为动词的艺术、诗、美只能在语言自我开显的路径中具体地显现，而不可能呈现整体性的目标。艺术语言只有在被利用时才导向整体性的叙述目标。

没有上帝视觉的本体（整体）性的艺术之美，也没有上帝发声式的艺术法则。按照贡布里希的说法，没有大写的艺术（本体的艺术），只有具体的艺术家和艺术作品。进一步说，没有语言自在、自为、自我生发、蕴成之外的艺术。

在《色—彩语言诸相的漂移》一文中，我论述了“本在事象”最基本的四个漂移路径。即“直陈其事”的漂移、“修辞幻象”的漂移、“纯粹形式”的漂移和“意识形态”的漂移。这四个漂移路径囊括了所有艺术哲学或诗学理论的阐释路径。也就是说，古往今来的所有文艺理论或批评路径，都无出其外。本质主义—非本质主义、主—客二元结构理论、模仿说、反映论、形式—内容二元结构理论、形式主义、表现主义等等，均包含其中。这些理论先制造概念，再形成观念，然后利用逻辑归纳或演绎构建庞大而坚硬的系统，将艺术家和艺术作品关进牢笼。这些宏大的理论，都是语言漂移的种种结果，但语言漂移说将它们视为艺术阐释的无效阐释范畴。

我说的“本在事象”，即是艺术语言或它的结构。何以故？“本在事象”如果是非语言的，那么，我们对其一无所知，它们也不可能进入人类言说或表现的诗意世界。这就是说，人的感知或玄想的存在，是一种语言的存在，而不是实体的存在。人是语言的人，能感知的世界是语言的世界。说白了，人和他们的生活世界，神和他们被创作的世界，自然和它的存在，都是语言的存在。与生命有关的存在，通过语言才能确定。正如海德格尔所说：“语言是存在的家。”除此之外，按照维特根斯坦《逻辑哲学论》第七命题的忠告：“对于不可说的东西我们必须保持沉默。”老子的思想亦处于反对说、而又不得不说的两难之间，这当然是早期圣哲对人类的千古忠告。事实上，《理想国》里的柏拉图也处于说与不说的两难之间，但他还是以“假设”的支点和“比喻”的诗性表达方式说了许多，也虚构了所谓“理念”，为人类打制了一副“理性”胯下的马鞍。柏拉图为了做“哲学王”，为了打制这副理性的马鞍，怀着悲智、悲情之心，将诗人——他的灵魂的一半——自己也是个杰出的诗人，赶出理想国。但从他的全部对话录中即可看到，哲学，“本质上”是利用逻辑表达系统而言说的文学。不能洞明这一点，即是逻辑主义的智障患者。

艺术语言的漂移是具体的，而不是抽象的。一个词，一个句子，一个笔触，一点笔墨，一根线条，一种音声形色，作为语言运动的“表象”或“形式”，它们总是寂静地、平实地、纡回地或疯狂地处于某一个作品结构的“位点”上。而所有“位点”，都是“暂住”的位点，即漂移的位点——既不是“本质”的位点，亦不是“非本质”的位点，而是“暂住”的位点。理解这一点非常重要，因为语言漂移说，既非本质主义的，亦不是非本质主义的。因此，语言漂移说反对一切凝固的、教条的、逻辑主义的或任何主义的语言强暴。

一切艺术语言之为艺术语言的确立，都源于人的感觉、感知能力，然后，将其蕴成文字、旋律、节奏、形色或符号。用佛哲学（非佛教哲学）的看法，即源于“眼、耳、鼻、舌、身、意”这“六根”，通过此“六根”的感觉、感知发端，风春万物般与“色、声、香、味、触、法”这“六尘”的“情识”摩擦、蕴育而生发。有效表达的、蕴有纯粹诗意的艺术语言，是一种符号化暂住的、鲜活流荡的“蕴”，即一种自成意味的生命序列。它看似是系统性的，但“实质上”是碎片式的。朵朵桃花看似是一个整体，其实是蓬松一树那相似形—色、彼此陌生的碎片序列。当然，可以假设它是一个整体性序列，并与时序和空间相联系而蕴成之美，但仅仅是感觉、感知的一种假设性的观照。艺术语言的存在序列，犹如一树桃花，见与不见，开与不开，美与不美，都在观照的“此时”那个“位点”上“暂住”而被看见，被描绘。艺术语言的色—彩、笔—墨、笔—触、形—式，永远不能抵达那一树实体的、实相的桃花，因为语言艺术中隐秘的一树桃花，既非具体的一树桃花，也非本质（实相）的桃花。这是语言自身的决定，人或神都不能做此决定。

艺术语言的“暂住”，是语言漂移的“暂住”。是故，

“暂住”其实是诗意的“无所住而住”。《金刚经》说：“不应住色生心。不应住声香味触法生心。应无所住而生其心。”说的是，有“缘起”，则“暂住”，无“缘起”，则“无所住”。在语言漂移中的“暂住”，即是“生其心”，生诗意之心。

每一个语词、每一个单纯的符号，都是一个小小的宇宙，一个处于寂灭或生发碰撞时刻的生命之蕴。

我们不能利用艺术语言，我们只能激活它，或拯救它。救救我们的语词吧，因为，它们是我们精神生命、现实生命的细胞。

诗意的语言存在，是心灵结构漂移幻化的某种样式；推而广之，可以观照的心灵结构存在的样式，亦是语言漂移迁流存在的样式。至于那些格式化心灵结构的存在样式，则是语言漂移迁流过程中自我固化的种种死亡格式。

从自我拯救语词开始，自我疗救审美智障，即是审美心灵、诗意心灵的自救。

语言漂移说的提出，是要告别所有诗学理论的。但这不是说，要以一种理论的雄心替代或征服另外的理论——那也是逻辑主义的神经病。如果人们有此看法，那是对此说的误解。因为，语言漂移说“本质上”并不是一种理论，而是一种开放的、处于语言运动自我生成诗意时刻的审美方法，一种素朴纯真的人性观照思—想，一种自我拯救语言—心灵的行动。在它为人之为人的审美自由开掘路径的同时，它就是某种随时处于被激活状态的审美自由。

2017.10.6　燕　庐

目　录

他们在寂静的远方祈祷

——图瓦民歌两首

1　我们属于远方

我们属于远方
有自己的群山、木屋和炊烟
流水是一首长长的歌
驼鹿的眼睛就像我的爱人
这安宁
有时绊倒死神的步履
当云彩擦亮天空
爱人哪
我们就搬到天上去住

“我们属于远方/有自己的群山、木屋和炊烟”：一个谦和和自豪的口吻，一种边地民族的自我陈述。图瓦民族身份的自我认知在此被群山、木屋和炊烟这些物质形象所充盈，我们获悉并看见：“我们”——“我”和“爱人”，或大写的、复数的图瓦人，“属于”而非简单的居住和生活在这个“远方”：一种双重意义上的“远”。这里有空间上的远，也有听觉上因“安宁”而产生的远。一个民族的宁静致远。这是一幅充满纵深感的水墨：群山，作为自然的、历史的存在物，构筑了一个稳定、安宁而久远的背景隐喻。它们逶迤连绵，透着没有时间概念的永恒气息。木屋：可以想见，它由“我们”自己或父辈的双手搭建。像镜头在调焦，从群山到木屋，时间感和距离感都被拉近了，仿佛能够嗅到生活的气息。而当目光定格于“炊烟”——生活一个确然的象征物时，我们已被带到这幅安宁的画的面前。炊烟飘渺的动感与存在的瞬时性赋予了此画一抹此时此刻性的“灵韵”。我们甚至看见，升起的炊烟正投影于某条小河，我们还将听见——

流水是一首长长的歌

声音键突然被按下：河水从静物画中荡漾出来。一首诗也瞬间流动起来。

这首诗里涉及的景物之间的转换很快，然而又极其稳定，它满足于仅仅是清单式地提到这些身边的事物，而无需细致地、线性地描述它，但是，细心聆听会感受到：后面提及的每一个新事物都是对前面出现事物的再次描述，后面出现的事物将自己的影子悄然投映在前述每个事物之中。不难发现，炊烟与流水拥有共同的特征：形体的蜿蜒与灵动。接着出现的“驼鹿的眼睛”也与流水具有共同性：波动、清澈。“驼鹿的眼睛”一句与“流水”句的毗邻和承继，使得“驼鹿的眼睛”既暗合于“流水”的清澈，也被染上“长长的歌”一样的绵延和深情。而这些意蕴很自然地顺延到“爱人”的形象中。就如电影画面切换时声音被延续到下一个画面所形成的叠印效果，它构成一种心理暗示：“我的爱人”，清澈深情如“驼鹿的眼睛”。甚至，这种移情可上溯到“流水”“炊烟”“木屋”“群山”……

这也是《我们属于远方》一诗叙事的巧妙之处：隐秘的相似性将前后物象连接起来，圆融、无声。这种类似电影画面切换时的“无缝剪辑”，带来我们一种流畅无隔的感受幻觉。当这首诗中的核心意象出现时，一切又再次发生了感知上的改变——

这安宁

有时绊倒死神的步履

当“安宁”呈现时，它不仅是爱人的安宁，上述意象——“群山”“木屋”“流水”“炊烟”“驼鹿的眼睛”纷纷投射到“安宁”这一抽象的感受层面，可以说，“安宁”处在图瓦世界的中心。“安宁”处在有形无形的一切事物之中，处在有声无声的存在物之中。“安宁”是一种什么样的存在力量？以至于“有时绊倒死神的步履”？这是人们能够见到的对“安宁”最崇高的颂歌。然而一切事物之中的安宁是一种不朽感吗？但万物终极的安宁不就是“死神”的另一个名字？在这里，不朽与死神似乎和解了。万物之中的安宁也是万物之上的安宁。甚至当提到“死神”的时候人们也变得幽默而友好：可以像朋友一样跟死神开个玩笑，绊它一脚。死神的露面变得形迹可见甚至温馨：云彩是它走过的痕迹？

当云彩擦亮天空

爱人哪

我们就搬到天上去住

没有忧伤，甚至不无欢喜。没有离别“我们属于”的“远方”的伤痛，甚至满怀期待地“搬到天上去住”：“天上”是一处更好的“属于”？天上是更远的“远方”？

从“远方”的群山到更远方的“天上”，空间的相似性带来阅读体验的回旋与和鸣。从“远方”到更远方的“天上”，炊烟连接着它们，流水波动着它们。“驼鹿的眼睛”和“我的爱人”共同取消了它们——即生与死——的差异。相邻性一再发挥着作用。最终，死亡在图瓦人这里，变成了一个温情的小小的再生仪式。

这是一首关于生与死的复调颂歌，是献给“遥远”与“安宁”或原始“寂静”的歌声。

2 寂静的天空

日升月落
生生不息的世界
永恒的远方
你的轮廓在夕阳中融化
找到了一种幸福足以悲伤
沉默的祈祷只为安抚执着的灵魂
当一切归还于寂静
我别无渴求

在那风吹的草原
有我心上的人
风啊　你轻轻吹
听他忧伤的歌
月亮啊　你照亮他
火光啊　你温暖他

她再次歌唱了"寂静"或"寂静的天空"，前面一节展开的是一个永恒的、生生不息的空间，再次出现了第一首诗中的主题：安宁、永恒、远方、天空，也写到了"一切归还于寂静"的时刻，再次承诺了对天命的安然接纳："我别无渴求"，因为她在世界的瞬间轮廓"在夕阳中融化"的时刻，"找到了一种幸福足以悲伤"：除非是爱，人们无法理解"一种幸福足以悲伤"，是的，这又是一首情歌：接下来，在她已经描述的空间、在草原上，"有我的心上人"，这一节是她内心的祈祷，她的声音感人至深："风啊　你轻轻吹/ 听他忧伤的歌"——只是我们别忘了她所说的忧伤之情是一种足以幸福到那种悲伤的情感，她向这个世界祈祷——

月亮啊　你照亮他
火光啊　你温暖他

她呼唤世间的事物围绕着他，以非民歌的术语说，她渴望着他永远“在场”。然而她只是歌唱着自己的心上人吗？这样两首民歌足以显现图瓦人的内在灵魂，与自然紧密相连、与万物相溶的心灵，且让我从头述说一遍或聆听一遍——

在简洁地描写了叙述背景“日升月落/生生不息的世界/永恒的远方”之后，《寂静的天空》进入了抽象的幻境和肯定性的观念道白：你的轮廓在夕阳中融化/找到了一种幸福足以悲伤……然而道白是悄然的、低声的。或许是因为“你”此刻只存在于想象，或想念之中。此刻，寂静的夜晚，草原上的姑娘看不见他，我们更看不见。但在她祈祷式的诵吟中，我们看见了他的轮廓——远方的轮廓——如何“在夕阳中融化”。这种运用人同/通某景某物的“化身修辞”所勾勒的映像是暧昧而清晰的：他的轮廓被夕阳模糊的同时，我们分明感受到了他。就像，谁不曾切身感受过夕阳？这种悖论修辞的效果也如同“找到了一种幸福足以悲伤”：有一种幸福，足以悲伤；有一种晦隐，足以透明。

第二节的抒情主要由意象铺陈所表现。这里不仅出现了自然意象如“风”“草原”和“月亮”，也出现了生活意象“他忧伤的歌”和“火光”。在信奉萨满教的图瓦人这里，自然界万物与人的关系是异常亲密并富有教谕性的：“寂静的天空”是有灵的，日、月是神圣的，它们生生不息，永恒无止。而“火光”，不仅仅是生存的必需品，还是寒夜里的日和月，是图瓦人联结神灵的灵媒和中介。另外，相对于漆黑和寒冷，“月光”带来的微亮和“火光”的温暖都让人更加接近幸福和安宁。月光下，苍穹下的一堆火苗，围拢出一个小小的帐篷，供他驱寒和憩息……并且，“月光”和“火光”都能使人一分为二（他与他的影子），如同心爱的人也在身旁，然而也只是“如同”，所以这是一种幸福的忧伤。

“风”“月亮”“火光”，这些自然和生活意象出现在姑娘的祈祷中，呼唤着“他”身体的在场和长存：请风吹拂他并听他忧伤的歌——如同她的手触及他的前额并听他的声音；请月光照亮他——如同她的目光凝视他的面庞；请火光温暖他——如同有她依偎着他的胸膛…… 这是情感的前科学世界，是爱的“接触律”和“触染律”（弗雷泽《金枝》）。从触觉、听觉到视觉，再到综合感觉，远方的爱人仿佛越来越近，带着神秘的明亮和被爱温暖的热度。这是姑娘的祈愿，也是爱的梦想和宗教：她和遥远的心上人可以通过“风”“月亮”“火光”的作用而在远距离时保持接触联系。这是渴望对着渴望说话：“风”“月亮”“火光”等自然万象，皆携带着两个相爱之人联结彼此感知的咒语和密码。

可以发现，两首图瓦民歌使用的关键词如远方、安宁、寂静、永恒、融化、沉默、安抚、照亮、温暖等，词性都是偏于阴柔的、它们携带的气流都是向低处下沉的。这些词定格了诗歌的音域，并为其笼罩了静穆沉着的气息。这种气息像夕阳一样融化了“你的轮廓”“我”的祈颂，也像草原上空的苍穹夜幕一样吸附了尘世生活的喧哗与浮躁。最终，我们听到了上升至苍穹的安静的祈祷声。

或许，他们本就不喧哗。阅读民歌，意味着对一个族群情感抒写方式的倾听（耿占春语）。阅读两首图瓦民歌，是在倾听图瓦人生活的安宁和情感的纤细：在这个“远方”，静谧而悄然，月光、火光，摇曳然无声，姑娘的想念、祈愿沉吟于心，“爱人”驼鹿般的眼睛闪耀着流水的波光……“一切归还于寂静”，就连生与死，也不过是日升月落……

“多亏了诗歌，”布克哈特曾感叹说，“历史对人的本质才有所认识，诗歌在理解时间方面和民族方面的问题上为历史提供了诸多的启发。对历史地考察世界的人来说，诗歌提供了有关各个民族的永恒的画面、提供了有关这些民族的各方面的信息，而且经常是唯一保存下来的或者是保存最好的信息。”

寂静和安宁，是“远方”的位置，温暖的气息，是圣洁的形象和宗教的颜色。阅读图瓦人的寂静和安宁，意味着感受他们内心的忧伤和温馨、隐秘和神圣。

西域“采玉人”

——读耿占春新疆组诗

不是所有走进的人都能够了解西域，就像不是所有的昆仑石都可能成为和田玉，不过诗人仍然看到“那些修行的石头/躲藏在昆仑深处，/缓慢地走向玉石的核心”（《采玉》）。寻找“玉石”的行为在此当然是一个隐喻：只有怀有修行之心的“采玉人”才可能缓慢地走近西域的核心，并使自身得以某种意义上的转化。

在17首关于新疆的诗中，耿占春为我们展示了一个旅行者对西域的观察以及对自我的改写。诗人描绘出西域历史场景的转换，时间维度的古今意象和两种共时性存在的交融空间。一个携带着内地生存经验的人来到陌生、异己的空间，走进巴里坤庭院、高昌古城、龟兹渡口，通过对奥依塔克牧民的困苦的感知、对维族青年病痛疾患的感知进行着自身的“修行”。

苏珊·桑塔格曾经讽刺性地写道：人们只有拍

过照片，才能证明自己到过那里。可他们真正到过么？无数内地游客来到西域，目的单纯明确：西域不仅有迥异于内地的自然风景，也有内地生活稀见的民族习俗、宗教信仰和仪式。在游客眼里，天山、戈壁、胡杨、麻扎①、清真寺乃至葡萄和玉米，都化身为景观性的文化商品，只需花费一些金钱便能复制其优美的表象以满足自己的好奇心和审美情绪。游客在天山脚下在巩乃斯河畔欢呼，与维族的可爱孩子和哈萨克老人，以及他们驯化的牧马和金雕合影留念，喝奶茶吃馕和烤全羊……似乎谁都可以暂时成为一个异域人。宗教仪式也变为信仰消费，游客在观瞻仪式或“朝拜”中收获着可疑的自我感动：无神论者暂时化身为虔诚的“教徒”……当然，在文化消费的语境中，游客没有愿望去了解西域拥有什么样的地域意义，又承载了什么样的文化精神，也不想了解当地人的真实生活经验与感受。真切地表述西域意味着首先要打破受意识形态熏陶而形成的对西域千篇一律的虚假预设。

《夜晚的库车大寺》反省了观光者的尴尬并力图去理解那一特殊的时刻：

---

① “麻扎”即坟墓。

夜晚去库车大寺，龟兹的土地上
礼佛的香火已经散尽。我们到达时
穆斯林快要做每晚最后一次礼拜
……
不明含义的静默，仪式的模仿
既非参观也不是朝拜，我们并不了解
内心残存的神圣，应该献给
天地间哪一个神灵，在宵礼时分
库车大寺的圆柱升向夜空，在尖顶的
指引下，是一千零一夜，群星
发出幽蓝的光，它们是经文中
古老的文字，在宵礼的时间
弯月垂坠，库车大寺片刻间上升
这是穆斯林的命运，离安拉最近的时分

——《夜晚的库车大寺》

在关于诗人沈苇的新疆诗歌的一篇评论中，作为批评家的耿占春曾使用“自我距离化”这一概念指出西域的地理空间和属性如何成为沈苇“新的自我认知媒介”。也许只需替换一下，这一睿智的洞察就同样适用于评价耿占春自己的新疆组诗写作：一种异域旅行与作为一个诗人的经验有机地融合起来，成为耿占春新疆诗歌的主题。以异质经验或异域传统，或者说以“一个地区的灵魂”作为自我更新的动力，作为“自我距离化”的起点。

在这篇题为《自我的地理学》的评论中，耿占春援引卡尔·曼海姆的话更为明晰地解释了“自我距离化”，即“以自己的处境和世界之间一再产生一定的距离，是人之为人的基本特征之一。……我们从自己的过去继承了另一种需要：一再切断我们与生活、与我们的生存细节的所有联系。”① 从踏足西域开始，诗人便有意识地切断自己既往的内地生活经验以及对西域的心理预设，通过形成“自我距离化”而接近西域。流动着的龟兹河是流动着的“先知的话”，庭院上空的月光是维族姑娘隐约的“莎丽”，这一切都需要采玉人“赤脚/在漂浮着冰渣的河流中，凭脚底听玉”（《采玉》），需要诗人决绝地“委身”于“一条古老的河”与“一个故事”才可能切肤感知。清澈而迷离的西域悄然更新与塑型着这位谦逊而虔诚的西域“采玉人”。

在17首新疆组诗中，惟有《奥依塔克的牧民》出现了诗人与当地人的语言交谈，而且是通过“喀什噶尔的熊先生”翻译的——

---

① 耿占春：《自我的地理学》，载《失去象征的世界》，北京大学出版新2008年版，第192页。

“你们的奥依塔克很美，”我说
“等这里旅游开发了，你们
就会富裕起来。”“开发与我们牧民
有什么关系？赚钱的是那些开发的人
我们会失去这个夏季牧场
我们的奥依塔克将会属于别人。”
——《奥依塔克的牧民》

在这首诗中，诗人向我们展示了在热切赞美牧场美丽时所表现的单纯与“无知”：奥依塔克漂亮的景致非但没有提升牧民生活的幸福感，反而使他们面临可能失去自己的家园：——“我们的奥依塔克将会属于别人。”短短的一瞬，奥依塔克牧民的悲苦即从诗人的脚底传到心房：“自我距离化”开始发生作用，耿占春也就实现了从一名庸常的游客到诗人的角色转变。对他人苦痛与困境的感知，这也是诗人“修行”的起点。

《吐峪沟麻扎》和《吐鲁番车站》等诗歌同样展示了诗人自觉与当地人沟通的愿望和努力，虽然因为语言障碍等因素，他们之间的沟通显得有限而不完整：

一个脸色蜡黄的
维吾尔青年，垂头坐在干枯的
麦草上，朝着门外
他的病容露出一丝微笑，一句维语
我只能用模仿的手势所表示的
暧昧问候，似乎加剧了他的失望与疾病
……
而把我带到这里的
故事，已经是一场难以治愈的疾病

——我的异族兄弟，如果胡大知道
他会让我来世出生在吐峪沟
用突厥语和你交谈，在正午的光中
——《吐峪沟麻扎》

诗人面对“脸色蜡黄的维吾尔青年”，所体味到的挫折感是双重的、双向的、双方的：表达的无能、沟通的受限，也是一种病症和失败。诗人对“加剧了他的失望与疾病”的自责，同样加剧了诗人自身的愧疚和遗憾。面对横亘在自己和维族青年之间看不见的语言高墙，诗人幻想来世降生于吐峪沟——对方的家乡，并操持突厥语——对方的母语，来化解和弥补此时此刻“无词可达意”的困窘和遗憾。诗人期待与面前的维族青年拥有更多更丰富的同一性和共通性，一如“正午的光”同时照耀着诗人和他的“兄弟”。这不仅是一种走近和沟通的渴望，也包含着对异族的敬重，以及莫名的负疚和亏欠感。

在这里，“自我距离化”进一步发挥效力，使“我”越过了民族界限。从汉语到突厥语的转变，并不意味着从汉人到维人的民族身份的社会性转化，它表达的是一种道德上的转化的渴望，以及从自我到他者的转换。

土城的老街巷，过去的岁月
深入迂回，在清真小寺门口完成
时间的循环。依偎家门的孩子
他们的，碧玉闪闪
小小寺院上空的弯月、雪山和青杨

你看见过长大的孩子眼中的玉
变成了石头，礼品与信物
变成武器准备投向他的敌人
锋利或是浑浊，眼神在伤害中改变
小小寺院上空的弯月、雪山和青杨
——《喀什噶尔老城》

相对于语言不通造成的交流困难，来自眼神的拒绝和防备更令诗人难过和伤感。当流淌的小溪转换为伤人的石头，维族孩子的眼睛“在伤害中改变”。或许，诗人在此不仅想强调时间转换带给西域人心理和身体的变化，同时隐隐自省于一种说不清道不明的身份“原罪”。

直到暮色从眼底升起，神会再次
光临他的眼睛。每个维吾尔老人
都像玉一样坚实而温润，年复一年
诵经声和木卡姆的福乐智慧洗涤了
小小寺院上空的弯月、雪山和青杨
——《喀什噶尔老城》

一种地域的亲合力，使诗人始终保持着希望：石头再次转化为玉。这里再次隐藏着玉的隐喻：不仅仅是维族人眼神的转变，而且他们眼睛中的“我”也实现了转化。“我”的转化是他们眼神转换的构成条件。

与《吐峪沟麻扎》和《喀什噶尔老城》相比，最“成功”的沟通发生在吐鲁番车站——

发往乌鲁木齐的早班车就要开了
一个维族妇女在人群中

朝车上招手，她装作哭泣　装作
用手背来回抹着眼泪，她布满
细密皱纹的眼睛一边微笑
一边从手背上方望着车上的儿子
开始晃动的汽车似乎就是她
从前拥在手中
小小的摇篮

在我身后，那个大男孩
眼泪总算没有掉下来。汽车慢慢
挤出了车站，在驶向快车道的路旁
一根灯柱下面，我再次
看见那个微笑着的母亲
戴着褪了色的花围巾
和她一直沉默的丈夫　再次
向儿子挥手。我几乎已经认识了
他们，却没有
挥手告别

——《吐鲁番车站》

在这首诗中，没有翻译，也没有手势，而只有诗人对细节的观察。通过这种会心的观察，诗人不仅与诗中的维族妇女以及身后那位维族大男孩形成了一种“亲切的陌生人”的关系，也与即将离去的“吐鲁番车站”建立了一种瞬间的联系。这首诗就像在传递一种信心：陌生的人与人之间能够在一个瞬间实现无言的、同情的相互理解，却依然保持着陌生人的魅力，不企图拉近这一陌生化的距离几乎就是一种相互的尊重："我几乎已经认识了/他们，却没有/挥手告别"。

很多理解是无需交谈和翻译的，它们源自内心潜存的视角，源自"用脚底"感知的真实位置。看看耿占春新疆组诗中的人与物吧："舍不得吃肉"的奥依塔克牧民、在"钻心的冰凉"中苦行的采玉人，因患病而脸色蜡黄的维吾尔青年，整座已枯死的胡杨林……

当诗人的眼光越过眼前的车站、行人，投向巴里坤的庭院、高昌古城、库车大寺等历史遗址和古老事物的表象时，沟通受限的情况便不再出现了，诗人与西域的交谈显得平静而从容：

> 高昌的圆形佛塔依然屹立，无数的
> 圆形窗孔，依然是观月的好地方
> 大佛寺内残存着的壁画，似乎依旧
> 等待着同一个画工。历尽
> 千年，这个城池依然痴心等待
> 一个约定：面临国破城灭的高昌人
> 集结在夜晚的广场，他们发愿

千年之后还是他们，还要来到
高昌城的广场　一起赏月

——《高昌》

在《高昌》《龟兹古渡》等诗中，诗人力图通过讲述历史变迁与宗教符号契入西域的过去，这使他顺利地转化了当下的自我：

如果能够再来高昌
一定是在明月之夜，我将跻身
那群高贵的亡灵，从死亡中归来

——《高昌》

对历史的追寻显露了诗人汲取西域“源点”的渴望。“我”身上的他者，通过与“我”的距离化，漫溯至千年前的明月之夜，跻身于高昌古城“那群高贵的亡灵”，一道“从死亡中归来”……“自我距离化”不仅超越了地域意识和族群认同的视域，还跨越了时间维度。

至于纯粹的认同——完全交谈的酣畅喜悦——发生在纯粹自然事物的表象领域：《萨伊巴格》《喀纳斯河短句》《南风与葡萄》等几首诗中，展示了自然风景在陌生的人与人、人与地域之间相互认同时发挥的神奇的同化作用。

> 在夏天与秋天之间，你不是想象的事物
> 但此刻，我差点儿就把你从心里想出来
>
> 我在你的河边歇息过的石头不会有什么改变
> 而你岸边的白桦树正一天天呈现秋日的金黄
>
> 当我写，“喀纳斯河在流淌”，这些文字不会
> 改变你的行程，不会增加或减少一个波浪
>
> 就像远方的朋友，不会受到我想念的惊扰
> 此刻他和她或许正推开院门，吹着口哨
>
> ——《喀纳斯河短句》

“我”与喀纳斯河是两个独立的存在，“我”的想念并不会使她“增加或减少一个波浪”，——这种距离明显是一种表达的迂回，诗人所欲展现的是超越距离的交融：

> “喀纳斯河”：这仍然是你的一条支流
> 穿越字里行间，你依然在我心中滚滚流淌
>
> ——《喀纳斯河短句》

诗人的诗行转化为喀纳斯河的一条支流，汇入她的奔涌之中，喀纳斯河则转化为流淌在诗人身上的一支血脉，成为诗人的生命灌注之存在。

在几首描写纯粹自然事物的诗中，《南风和葡萄》显得尤为独特，在这首诗中，诗人一改优美舒缓的抒情气质，出人意料地使用了激烈的感叹号！并且，在12行句子中用了9个感叹号！

沙漠上的季风，从南向北！
从葡萄园穿过一阵清凉！

干涸已死的沙漠，涌流四散的风
它的灵魂在葡萄园重建秩序！

沙漠南风吹拂下的葡萄园！
流动，透明，风在葡萄中结晶！

一阵风穿过身体，我的颤栗
是葡萄向夏日烈风的委身！

古老的南风，新鲜的呼吸！
前世的沙漠，今夕的葡萄！

在那儿，在八月的葡萄园
我的痛苦认识你，在一阵风中！
——《南风和葡萄》

在南疆，在中亚，在八月的葡萄园，诗人用激情的形式呼应西域激情的存在：干涸已死的沙漠，沙漠上的季风，南风吹拂下的葡萄园……这是一首纯粹的物的世界的颂歌。耿占春的新疆组诗中闪烁着诸多事物的表象：克孜尔，龟兹，奥依塔克，喀什噶尔，塔什库尔干……就连阿勒泰山中奔涌的喀纳斯河，也闪耀着“金子一样的”绚烂的光！对一个纯粹表象世界的西域的颂扬隐含着人的内心与物的世界在物的符号层面的无需语言的交流。

如果我们心中没有一个关于自我的“他者”，我们就很难真正了解西域，也就意味着我们从未踏足过此地。没有理解的走近都是打扰。如果不明白那小小寺院上空的弯月、雪山和青杨如何变得模糊和隐藏，却又在有着墨玉一样温润的维族老人的眼中渐次复活，我们如何能倾听智慧的维族老人讲述生与死的神秘？如果不能观察夏日的葡萄如何委身八月的烈风，它怎么会与“我的痛苦”相互体谅？如果不能理解那位赤足的苏菲信徒伸出乞讨的手原是“一种赠与”，我们又如何从那破烂的棉袄上窥见先知的教导？如果不能听见“雪水沿着街边的一行白杨流淌”，我们如何“渐渐成为一个快乐的人”？

诗人不必记得自己为何踏入西域，在行走与相遇的途中，西域却注定改变了诗人的面貌和心境。当作为审美性的新疆转换为一个携带着伦理和道德问题语境的西域，已化身为墨玉的采玉人就与从前的生活经验出现了脱节——他开始厌弃自己“观光者”的身份了：

……唉
中年的旅人突然厌倦了旅行
渴望在异乡拥有一个家，在八月
豆角和土豆开着花，而城墙下
堆放着越冬的劈柴，在八月

——《巴里坤的庭院》

当然还是要结束旅行离开西域回到内地，巴里坤八月的豆角和土豆花只能成为忧伤的回忆。一颗保持着对美的感受、对异质经验的理解的心灵才是一颗健康的心灵，也才可能保持对不义的义愤，对不幸与苦难的怜悯。对他者的理解是自我培育的理性意识的一种持久的启蒙。西域的景致、人与物，俨然一部关于他者的充满奥义的经书。翻阅这部经书，有助于人抵御日常生活的麻木与庸碌。西域的美与真为诗人建构着反抗平庸的另一张力。

在新疆组诗中，除了《南风和葡萄》是激烈而酣畅的，其他 16 首诗的气息，都如和田玉：温润、舒缓、缜密……有种透气的坚实。我想这有赖于耿占春诗人与批评家身份的完好统一，更进一步说，有赖于一颗完整而健康的心灵，这颗心灵既拥有对美的感知和体悟也拥有对他人痛苦的敏感和理解。

采玉人已经遗忘了为什么踏入冰河
他苦行一样地行走，直到一股钻心的冰凉
温润地从脚底上升，采玉人终于找回了

自己：羊脂玉一样温润的时光，此刻
采玉人就是一块墨玉。

——《采玉》

在冰冷的河水中，一股温润植入脚心，从脚底上升，诗人已在西域“找回了自己”，找到了“意义的起源”。这就像一个寓言：在采玉的途中，采玉人自己变成了一块墨玉。

在凝视中深化

——读沈苇新疆诗歌

在沈苇二十余年的新疆诗歌写作中，主体视觉和声音的改写有着可供追踪的明晰轨迹，批评家耿占春曾就此专门撰文进行过深入探讨。通过考察沈苇的诗歌话语所展现的“关于自我的地形学”，即“地方（空间隐喻与修辞）在自我建构过程中的塑型作用”，批评家观察到，诗人沈苇“为我们揭示了一种在地方、空间特性中生成着的自我”。[①] 在此深刻洞见的启发下，本文试以诗人主体性的表征之一——视觉的深化——对沈苇的新疆诗歌所展现的主体性丰盈路径进行勘探和分析。

1　对风景的观看

上世纪 80 年代末，诗人沈苇自江南来到新疆，并从此定居于此。早期的诗作袒露了一个初到者面

① 耿占春：《自我的地理学》，《失去象征的世界》，北京大学出版社 2008 年版，第 188 页。

对异域风光的惊叹：

中亚的太阳。玫瑰。火
眺望北冰洋，那片白色的蓝
那人依傍着梦：一个深不可测的地区
鸟，一只，两只，三只，飞过午后的睡眠
——《一个地区》

“一个地区”——新疆或广义的“中亚”——以其辽阔瑰丽的异域地景，构筑了这首诗唯一的情境和主题。在对风景膜拜性、朝圣性、仪式性的观看中，一个初至异域的他者，心甘情愿地悬置了自己的主体。作为主体性陷落的表征，面目模糊的“那人”和飞过午后的睡眠的鸟儿一道成为异域风景可替代的“寄居者”。

阿多诺说：“自然的美，在于历史的静止不动并且拒绝展开。”① 就一般的观光旅行来说，对自然风景的欣赏意味着将其削减为历史和土地的对立面，以凸显不落入时间和规制的自由、超脱、豁达、诗意和轻盈。从另一个意义上说，对历史性、

① 阿多诺：《美学理论》，转引自W. J. T. 米切尔编《风景与权力》，杨丽、万信琼译，译林出版社2014年版，第286页。

现实性和日常性的忽略，使风景所驻寄的“地方”被简化、缩略，或曰被取消，从而降至一个呈示“风景”的“空间”，一如展示商品的橱窗。作为对等性结果，满足于风景观赏的主体被简约为一种视觉功能：事物的先在照亮了主体的视觉并使其沉迷其中。在这种照亮中，风景被神秘化为一个超验主体和泛宗教的存在——

> 金色！金色统治准噶尔盆地
> 挺拔的白杨部落，沧桑的胡杨部落，
> 还有隐居群山的白桦部落
> 在金色中团结一致。——金色是秋天的可汗
>
> ——《金色旅行》

这几句诗歌不论是对词的音色和气息的把握，对节奏感的运使，还是比喻的使用，以及修辞之间的衔接和呼应上，都堪称风景诗的上乘之作。这幅壮阔的风景画自落第一笔始便是响亮、明丽、撼动的：“金色!”——散发着明亮、耀眼的光，同时携带着铿锵、决然的音色。“金色”统摄了整首诗的质地和声调。甚至，连紧随“金色”的标点符号（“!”）也闪烁着金色而耀眼的光。

“金色！金色统治准噶尔盆地”，“金色”鼓点

一样紧凑而密集地重复出现，强化了该词的重量感、金属感和节奏感。我们似乎能听到“金色”与“金色”相追赶并撞击的声音。然而它们又有所不同。第一个“金色”行使了语气词的作用，召唤了第二个“金色”盛大铿锵地出场；第二次现身的“金色”被赋予了君主的主体性和权威，统治版图辐射“白杨部落”“胡杨部落”“白桦部落”……当这些子民在“金色”宗教般的照拂之下“团结一致”，“金色”不仅是“秋天”的一个隐喻，还成为“太阳”的一个象征。因此，当它自然而然地过渡到其具象化形象——“秋天的可汗”——时，这位“可汗”毫无异议地确立了权力和修辞的双重合法性。

这些以风景为主题的诗歌，为我们展现一个异域空间的装置艺术：“中亚的太阳”“玫瑰”“火”；“白杨部落”“胡杨部落”“隐居群山的白桦部落”……当它们直接而精准地迎撞上一个年青诗人的好奇和热望，沈苇没有掩饰自己的震撼和些微“迷醉”（耿占春语）。然而，风景同时消除了一个地方的历史、传统和生活，消除了文明和忧患，也消除了观看者的身份属性和来路去踪。纯粹的风景诗是有观看行为（这一行为为文本提供了丰富的意象）和抒情意蕴而没有细节和叙事的诗歌。

多年后，沈苇在诗歌《论新疆》中反思性地呈现了“风景”“异域”“地方”的概念差异以及于其中的主体性结构样态。

现在，他们和数码相机
一起到达，在他乡风景
和异域风情里，迷失自己
现在，新疆变成了一颗鹰嘴豆
在一锅羊肉汤里浮沉，然后熟了

“风景”和“异域”在观光旅行中沦为商品和食物，像其他商品一样被摆放在提供“观看”的橱窗和“品尝”的餐盘里，同时限定了对景物千篇一律的“看法”和“味道”：美丽、雄伟、如画、令人惊叹。作为审美商品，广阔的新疆有着巨大的耐消费性：喀纳斯、喀什、天山、天池、清真寺、羊肉串、葡萄干、哈密瓜、和田玉……这种地域印象与新疆独特的自然生态风情有关，与当代意识形态宣传及旅游经济也不无关系。以完整、和谐的“祖国大家庭”为预设前提，新疆这个遥远、辽阔、多民族生活的地方，在近几十年的主流书写中被提纯为一系列符号和情境：歌舞之乡、瓜果之乡、民族之乡、黄金玉石之邦，等等。观光客怀着兴奋与憧憬来到新疆，其壮美丰富的风光如春晚载歌载舞的维族姑娘的五彩裙摆，应和了他们内心的预想和期望。除此之外，一个观光者还能够看见什么？

在政治经济领域，新疆则在一系列公式中被换算为一串串 GDP 数字：

新疆是被运走的一车车葡萄红枣
一车车异域歌舞、一车车煤炭燃气
在“看”之前，他们已品尝“新疆”
就像吃下一个美梦，……

“看”是有距离的观赏和认知，“品尝”和“吃”相联系的则是生理需要的满足。在“吃”的行为中，新疆被粗暴地食物化、贬抑化了，却拥有提纯、升华吃者的精神的伪面相，“就像吃下一个美梦”，“新疆”慰藉了观光客无以弥补的虚空：“他们万里昭昭寻找新疆/像寻找一种食物、一剂药方。”异域风景在此不仅属于视觉消费，同时具备使用功能和类宗教功用。在一场受主体自我中心主义和绝对意识所操控的功利性行为中，观光客大多时候或能满意而归，偶尔也可能收场于失望：

他们抱怨这里太冷，……
一个古尔班通古特，一个塔克拉玛干
那里的荒凉让人绝望并且走投无路

带着某种沉痛，诗人在这里微微讽刺了游客的“叶公好龙”：在鹰嘴豆和歌舞背后，“冷”和“荒凉”也是新疆。这些负面的感知和情态，复原了“新疆”的多元性、复合性，或者直接说：地方性。一个地方不仅仅属于“他乡风景”和“异域风情”。“地方”是地景和当地人生活的综合体，是“鹰嘴豆”的香气和“祖地记忆”。然而现实的确不容乐观：

现在，新疆从一串鲜葡萄变成葡萄干
新疆像风滚草在无垠的旷野滚动
新疆变成明信片，躺在数码相机里
像“楼兰美女”一样四处展览
昆仑已是废墟，时光深处的一堆废墟
把玩和阗美玉的人，已淡忘祖地记忆

当“新疆”作为一个客体进行“展示”时，风景既是“名片”也起到了遮蔽和掩盖的功能：“在某种程度上风景就是与遗忘相关，与以令人惊异的错位方式远离现实相关。”[①] 风景像一张漂亮的糖纸吸引了人们的全部兴趣而使其不再关注其中可能包裹的酸涩。这听起来像是一种悖论：正是美丽的风景隐匿了人们生活的地方性和真实性，掩盖了其文明的历史性和独特性。

2　穿透风景的凝视

在一个叫滋泥泉子的小地方
我走在落日里
一头饮水的毛驴抬头看了看我
我与收葵花的农民交谈
抽他们的莫合烟
他们高声说着土地和老婆
这时，夕阳转过身来，打量
红辣椒、黄泥小屋和屋内全部的生活

——《滋泥泉子》

艺术理论家 W. J. T. 米切尔提醒我们说：“自罗斯金以来我们就知道，把风景作为美学对象欣赏，并不能提供自满或者不受困扰的沉思的机会；

① W. J. T. 米切尔：《神圣的风景：以色列、巴勒斯坦及美国荒野》，W. J. T. 米切尔编《风景与权力》，杨丽、万信琼译，译林出版社 2014 年版，第 286－287 页。

相反，它必须是一种历史、政治及（的确）美学的警惕性的核心，对书写在土地表面上的暴力和邪恶保持的警惕性，那是通过凝视的眼睛投射上去的。……这只邪恶之眼的暴力与帝国主义和民族主义密不可分。现在我们所知道的是，风景本身是一种媒介。通过这一媒介，这种邪恶被隐藏并自然化了。"① 在写作《一个地区》的同一年，沈苇写出了《滋泥泉子》。这首诗歌显示了沈苇并不满足于仅仅成为一名旅居异域的"风景诗人"。虽然他的确写出了《金色旅行》等更多优秀的风景诗作。

如果说在《一个地区》里，"眺望北冰洋"这种宏大的视觉行为，属于主体意识对更为宏大的时空距离的一种想象性占据而实则悬置，在这首同样写于1990年的《滋泥泉子》中，诗人的主体性老实地返回到了自身的本体认知："我是南方人，名叫沈苇/在滋泥泉子，没有人知道我的名字/这很好，……"在某些时刻，名字是最基本的主体性表征，道出自己的名字意味着对"一头饮水的毛驴"和"收葵花的农民"的礼貌回应和表达交流的愿望。"抽他们的莫合烟"则是更深一步的交往实

① W. J. T. 米切尔：《帝国的风景》，W. J. T. 米切尔编《风景与权力》，杨丽、万信琼译，译林出版社2014年版，第32页。

践。至此，异域风景已从唯一的主题和主体退居为背景。它甚至没有一位农民高声说出的“土地和老婆”更具现场感和存在的必需。当诗人的目光从阔无边际的“中亚”收缩到“一个叫滋泥泉子的小地方”，“饮水的毛驴”“土地和老婆”，与“红辣椒”“黄泥小屋”一道，立体呈现了一个“地方”的存在，和生活于此的农民的真实劳作和全部生活样态。

对异域的真正读解，需要“凝视的眼睛”穿越盛大的风景表象和意识形态迷障，将其从展示独特风情的“空间”洞察，还原为一个“地方”的实在。不同于被风景照亮这种一般旅行意义的观赏行为，对“地方”的凝视需要调动主体所有的知觉、理解和想象——像阳光把事物从其原先所处的黑暗中展显出来一样——去照亮、发现、解释事物。一个凝视者同时是地理学家、历史学家和考古学家。

通过“凝视”，诗人还将看到更多有违“风景”的“裂口”：

在滋泥泉子，即使阳光再严密些
也缝不好土墙上那么多的裂口

一天又一天的日子埋进泥里
滋养盐碱滩、几株小白杨
这使滋泥泉子突然生动起来

雷蒙·威廉斯曾说："劳作的乡村几乎从来都不是一种风景。"[①] 约翰·巴瑞尔也指出劳动者如何被隐藏在"风景的阴暗面"（dark side of the landscape），"以免他们的劳动破坏了观看者对自然美的哲学沉思"。W. J. T. 米切尔进一步论述说，"风景的阴暗面""不仅仅是神话的，也不仅仅是一种与非人类的'自然'相关的退化、冲动的力量，而是一种道德的、意识形态的和政治的阴暗面"[②]。那"土墙上的裂口"所象征的物质困窘，和"一天又一天的日子埋进泥里"的无望感，很难出现在观光客的发现和上世纪50年代至80年代的边疆书写中。他们的边疆属于苹果园的花开、小伙子和姑娘的纯洁爱情以及吐鲁番丰收的葡萄……这不仅是对异域生活粗暴地简单化，更是一种道德赊欠：写作者以主观营造的乌托邦幻象和边疆的片

① 雷蒙·威廉斯：《乡村与城市》，韩子满、刘戈、徐珊珊译，商务印书馆2013年版，第167页。

② W. J. T. 米切尔：《帝国的风景》，W. J. T. 米切尔编《风景与权力》，杨丽、万信琼译，译林出版社2014年版，第17页。

面表征达至对“远方”的设定，既迎合了当时的宣讲、口号，同时照顾了自身贫乏的想象力和理解力。在沈苇这首诗中，如果说“这使滋泥泉子突然生动起来”一句不免有美化这片土地上的生活和社会关系之嫌，诗人似乎随即便意识到了当代诗学和时代局限：

在滋泥泉子，我遵守法律
抱着一种隐隐约约的疼痛
礼貌地走在落日里

“隐隐约约的疼痛”是源于理解之同情？还是作为当代诗人因分担时代局限的莫名负疚？“遵守法律”“礼貌地”，这些态度表明诗人有意退回到一个有距离的位置，以免自己过于强大的主观性臆想僭越了“滋泥泉子”的真实情境。这个合宜的位置使诗人能够以 W. J. T. 米切尔所说的“凝视”窥见更多“风景的阴暗面”：“闪闪发亮的不是正午的大地/是正午的暗：被遗忘的乡村/孤零零几间房子被随意摆布/尘土遮蔽的事物多于阳光的覆盖/阳光投下的阴影里，有记忆的喘息”（《闪闪发亮的正午》）。来自诗人凝视的观照，不仅属于知觉，也是一种解释行为。

3　凝视：自我他者化的一个路径

《滋泥泉子》中还出现了一种视觉形态：“一头饮水的毛驴抬头看了看我。”在一桩以诗人为视觉主体的知觉活动中，客体或曰他者也被赋予了看的能力。或者说，诗人有意将自己处在他者的凝视之中。这种凝视在沈苇此后的诗歌中还将有意识地出现：“原野闪闪发光。在眩晕和颤栗中/一株白桦树正用人的目光向我凝望”（《雪后》）；“一天/我去桃树林里撒尿/几只蜜蜂在花蕊中深情地看着我/这使我感动万分/我在心里说：我宽恕人类”（《回忆》）……如果说在《滋泥泉子》中，“毛驴”的“看”尚显偶然性和随意性，在《雪后》和《回忆》中，他者的凝视被进一步凸显和强化了：“白桦树”拥有着“人的目光”；不仅“蜜蜂”是“深情地看”，主体也在这种“看”的观照之下“感动万分”进而“在心里说：我宽恕人类”。

来自他者的“凝视”将主体和他者引入到一个共在的视域结构中，消解了主体视觉的单向度和中心化。更重要的是，来自他者的凝视，成为主体自我认识、定位、确立，甚至改写自身的一个要因，以及自我间离化、自我他者化（或他者自我化）的一个重要路径。在他者的观照下，主体为自我勾画了一个新的肖像。用拉康的术语来说，获得“象征界”的他者的认同，以外界、他者的期许、认可和理想为参照来形塑自己，使主体得以形成一个“理想自我”（ideal - ego）进而达至“自我理想”（ego - ideal）。

从根本上说，对他者的凝视的注意和显现，凸显了主体的内省和反思意识。毕竟，主体所遭遇的凝视更多是由“我”所设想出来的。按照这一路径，通过将主体引入想象的来自风景的凝视中，即在主体与风景之间结构一个“象征秩序”，风景便能成为型塑、确立诗人主体性的力量之一，主体则成为风景的受教诲者和受启蒙者：

> 窗子取缔我目光
> 替我面向喀纳斯风光
> 一门几何学的教诲
> 让我向外瞅
> 也向内看
>
> ——《喀纳斯颂》

在主体所设想的凝视中，风景从视觉图像增殖为历史和地理集合，一个广阔的宇宙：“——喀纳斯不是别的，不是景色的大地/而是景色的星空：一个风景的宇宙”（《喀纳斯颂》）。

从《一个地区》（1990）到《喀纳斯颂》（2008），诗人的姿态早已从对风景的观看转为受其凝视和啜饮：“向西！昆仑诸神举起荒路巨子/啜饮他并造就他”（《向西》）。如果说纯粹观看更多地表现为自足主体的一场微醺和迷醉，凝视则体现为交往的主体间性。阅读沈苇的诗歌（以及散文）很容易发现，不仅异域的各式物种（“毛驴”“蜜蜂”、各种植物）和风景，他还将整个新疆的文化、文明和生活方式都视为一种“异域的教诲”。作为多族群、多文明、多物种混合聚集之地，乌鲁木齐被诗人满怀热切和激越地视为一座“混血的城”。他不断将自己与混血的西域放置在一个象征结构里，以打破自我的单一主体化。

太久地沉湎于自己
一只云雀提醒我的孤陋无知
……
这些融雪后尘土飞扬的街巷
发蓝的圣寺，异族店铺，印度香
马车载来一群年轻的乡村鼓手

他们四溢的激情，火热的目光……
我要扑向他们的旋律
追随他们歌中的骏马、勇士
要拆除一身的墙、瓦、门、窗
我站立的地方变得丰富广大
世界是我苏醒的身体的一部分
——《苏醒》

《苏醒》概述了诗人主体性的转换和改写过程：一开始，“太久地沉湎于自己”的主体形象是“孤陋无知”的，长满了“墙、瓦、门、窗”，这些冷冰冰的建筑符号宣示了主体性的疆域和界限，表现为拒绝和防御的封闭姿态。“圣寺”“异族店铺”“印度香”“乡村鼓手”，以及鼓手旋律中的“骏马、勇士”，拆除了主体的禁卫并使之“苏醒”。一个吸纳了他者存在的交互性主体变得“丰富广大”，乃至“世界”都成为“我苏醒的身体的一部分”。来自异域文化、文明的符码一再敲击诗人主体性的高墙，使其受教，令其改变：“你我之间没有别的，没有神殿，没有庙宇/但有共谋，如日月的私情，呼吸的交融”（《你我之间》）。一个混血的主体，是“一座干燥的四面漏风的葡萄晒房”，将自己足够裸露以吸收来自异域阳光、星辰和风的无言教诲。

一种独特的、可以在文明和文化层面理解的“死亡”，也被诗人赋予了反凝视的能力。在吐峪沟这个“峡谷中的村中”，山坡上是一片墓地——

> 村庄在低处，在浓荫中
> 墓地在高处，在烈日下
> 村民们在葡萄园中采摘、忙碌
> 当他们抬头时，就从死者那里获得
> 俯视自己的一个角度，一双眼睛
>
> ——《吐峪沟》

沈苇曾数次将坟墓喻为“乳房”：“直到时间从未来的墓园返回/麒麟和青龙驮来新生的东方/像驮来一对明亮的乳房”（《东方守墓人》）；“坟茔的一只只乳房/瞄准行走的风景”（《向西》）。除了形状近似，沈苇向“乳房”更多借鉴了其对新生的哺育功能和影响。乳房，是新生命成长的原点和可能性。在吐峪沟，以“坟墓”所指称的“死”不意味消逝和湮灭，相反行使着培育、教化生的特殊职能。“生”受“死”之荫佑，也从“死”那里多出一双朝自己看的“眼睛”。

在由诗人的反思意识所设想的来自他者的凝视

中，毛驴、蜜蜂、喀纳斯、坟墓……整个新疆、西域，都由名词而动词化、媒介化、主体化了。它们不仅摆脱了被观赏、被打量、被估价的身份，还反过来改变、确立了凝视者的面容。西域是一部《古兰经》，多年的阅读、释义，使诗人获得了来自时光这位真主的丰厚奖赏："一个移民，一个丢失来路去踪的人"成长为"异乡的本土主义者"（《论新疆》）；曾经的"南方人，沈苇"，成为拥有"两颗心""两个故乡"以及多重主体性的文化和文明的混血者。

"清风和泉水来自天山，异族的热血/流过我全身，内在的矛盾放下各自的干戈/是我们改变了事物还是事物改变了我们？/为了再次诞生，世界爬进另一个世界。"（《新柔巴依》）为了再次诞生，诗人共融于西域的清风和天山的泉水。他用诗歌书写着一条新的丝绸之路。

4　"荒凉的证人"

2009 年新疆"七五"事件的惨烈爆发让乌鲁木齐这座"混血的城"瞬间变成了流血的城。汉人、维吾尔人，这些曾经"被同一种夜色覆盖眼帘/又被同一种晨光唤醒"的"时间中的兄弟姐妹"

(《混血的城》)，重新分化、确定，被标注为不同的身份符码。在族群冲突中，他者的凝视和声音被关闭，剩下的是单向度的审视、批判和攻击。人与人的相似性、同一性被忽略，裸显的只有差异：人种、肤色、语言、饮食、宗教、信仰……对差异的强调反过来加剧了每个人心底的对抗感和排斥感。

“七五”之后，沈苇的诗歌冷峻了许多、荒凉了许多。往昔的豪情、热情、温情，被怀疑、失望、黯然的情绪所替代。完成“他者自我化”的诗人，成为一个没有共同体可归属的人，一个被“地方”抛弃的“内部流亡者”：“像一个雪球/滚向流亡之路/远方，比消失的乌孙更远/太遥远了，以至于/被同胞认为是一种不存在/是的，水仙并不留恋胡杨/盆景也从不认同沙漠” （《荒凉的证人》)。面对“你站在哪一边”的诘难，破除了单一主体性边界的诗人是没有“同胞”的人、身份不明的人。

> “我不站在这一边
> 也不站在那一边，
> 只站在死者一边。”
>
> ——《对话》

在问题预设中，“这一边”和“那一边”都是以先天的出身和血统取代了个人主体的复合性、多元可能性，以及文化和文明的后天教化影响。历史数次显示，对属于“哪一边”的过分强调往往导向民族主义和自我中心主义。对诗人来说，注意到他者的存在，向另外一种身份认同开放，同时考虑到主体与自身的差异，是一种伦理义务和责任。在“这一边”和“那一边”之间，诗人选择“站在死者一边”，这种信念始于最朴素的道德情感和伦理承担：在冲突中失败的、死去的往往是微弱的、单薄的人。“死者”同时是没有言说能力的人。他们的屈辱、恐惧、牺牲和不解，都随着生命的消失沉默于不见。站在“死者”一边意味着成为受难的证人：

作为受难者留在这里
身披一袭雪花的白衣
直到饥饿的麻雀分得几粒小米
直到内心的柔情减去枝头的寒意
直到众人的善也是我的真

——《荒凉的证人》

拥有多重主体性而承受巨大分裂感的诗人，既是理念和良愿的受难者，又是历经实质暴力和话语霸权劫掠之后的幸存者。沈苇 2009 年之后的新疆诗歌，是写给一个分裂的、流血的地方的悼词和“安魂曲”。“作为受难者留在这里”，留在“他乡的故乡”，诗人自我放逐于一场未知结局的流亡。诗歌成为见证、自我织补和弥救：“幸存者漂泊，用余生将自己修补/他已分裂成一些大漠、戈壁和孤烟”（《遗忘之冬》）。唯有对“精神亲戚”的艰难辨认聊作自我慰藉：“等到星球嬗变，重新运转/亲近我他乡的故乡/雪花像一败涂地的异族/其实是流离失散的亲戚。”（《荒凉的证人》）即使在孤寒凄切的境遇中，沈苇亦寻视着与“内心的柔情”构成同一性的存在。它们隐隐潜藏于诗人和“荒凉的证人”之间、主体和异域风景之间、“受难者”与“饥饿的麻雀”之间、“雪花”和“白衣”之间、“众人的善”和“我的真”之间……这些荒凉、悲伤中不乏温柔和坚毅的抒情，属于被“精神故乡”抛弃而依然为其守灵的人，属于陷于分裂的绝望中依然不能完全放弃和解之努力的人，属于被经验世界关闭了门窗而依然环视四周探询他者之气息的人……

一棵走出我身体的树
果实从内部点亮
像眼睛，比眼睛诚恳
在落入空盘之前
几枚芬芳之果
用有限的重，保持一棵树的风景：
一种多义的平衡

——《树与果实》

诗人的凝视借助而不依赖于“眼睛”。比眼睛更诚恳的是“从内部点亮”的视觉构建和作为。当然，同理，蒙昧从来都是发乎内部的混沌。“有限”“多义”“平衡”……这种对限度的体认和多元性理念，以及建基此上的自我构造和认知，体现了真正的现代性精神：只有结合了“几枚芬芳之果”，一棵树才成其为“风景”；只有参考了风景和他人，自我才能确证其认同。这种引入了差异化、反思性、怀疑主义和公共空间的话语，包含了最明晰澄澈的后现代主义理念、最深刻的社会学洞察和人文关怀。

沈苇的新疆诗歌，不仅显示了持续二十余年的诗学努力，更是一部主体性深化的实践历史。这个南方人，沈苇，多年前来到遥远的异域。他热爱这里，怀着满心的敬重和虔诚受其启示、啜饮、造就、改写，并渐渐长成这块土地最希望拥有的“养子”。他蓄须，晒得黝红、粗犷，喜欢穿灰绿色吉普衫，像极了一个真正的胡人。西域多年的风沙却并未吹散这个南方人的细腻眼神——那被江南水乡所滋育的对一片土地的敬重、怜悯、柔情和疼惜。换言之，在多年的主体性改写历程中，诗人坚守了最本真性的部分，即对土地、风景、历史和文明的伟大凝视和充满智慧的聆听。

“写微不足道的事物，顺便将黑暗沉吟”

——读吕德安

1　寂静的诗学

我和吕德安见过面吗？对我来说，是的，我见过他，在 2015 年 3 月的大理天问诗歌节上，他和诗人陈先发共同分享了这一届的“天问诗歌奖”。不过，对他来说，答案也许是否定的，因为我们虽然一度咫尺为邻，却从未交谈。那是一次转场途中，负载着几十个诗人的大巴车如同一架沸腾的音箱。诗人们忙于寒暄、交谈，或诉说久别之后的重逢，或仅仅用聊天填满十分钟的车程。吕德安就坐在最末一排座位的临窗处，我注意到这一点是因为碰巧和他之间只隔着一个座位。除了可能的眼神问候或微笑致意，我们在相聚五十厘米时没有任何语言交流——我当时只读过他不多的几首诗，从而羞于攀谈。在这段短暂的路途和我模糊的记忆中，我也未发现他和别人说话，我想这正是他选择坐在角落的原因：寻求喧嚣之中的宁静。就像嗣后我读到的他早年写下的一首诗：

当我厌倦了篱笆外面的喧嚣
我就会回到自己的坯中
——《躶体》

他用角落和神色为自己搭建了一个坯质隔离带，沸腾的喧嚣来到他跟前便自行遁回。或者如我，不忍干扰他对宁静的享受。由此，在我的印象中，这是一个完全没有声音的诗人。但这并不影响我对他产生莫名的信赖感：因他泥瓦匠似的质朴、自足和石头样的安然、静默。我们知道，一个人的神态即“形象”，恰是一种坦诚并具说明性和信服力的语言和表达形式。他的朴实和谦逊，以及不无拘谨的寂静感，在喧闹的诗会上显得殊异而稀缺。当更多阅读了他的诗歌，包括那首《躶体》之后，我发现，他更为可贵的是保持了“诗如其人”的同一性，并能于寂静、沉默的字词间埋伏震撼的力量——这是一个优秀的诗人所擅长的良技。沉默和力量在吕德安的诗中构成了不无悖谬的张力并随处可见，如“父亲的威力”：

父亲的威力是寂静。说来奇怪：

父亲只稍轻轻一站，你就立即现身

——《冻门》

“立即现身”是对“父亲的威力”即“寂静”的默契回应。“你”与“父亲”、“现身”和“寂静”，对位性地共置于两行诗中，让我们领略到吕德安在力量布局和均衡方面的娴熟技艺。

在另一首写父亲的诗中，“父亲”的形象和词语的力量，被更寂静和含蓄地表达出来：

父亲和我

我们并肩走着

秋雨稍歇

和前一阵雨

像隔了多年时光

我们走在雨和雨

的间歇里

肩头清晰地靠在一起

却没有一句要说的话

——《父亲和我》

作为至亲的“父亲”曾多次出现于当代诗歌

书写中，并多指向爱、命运、成长、死亡等文化母题。我们熟悉的“父亲”，或象征着祖辈亘古不改的宿命之一环：“祖父死在这里，父亲死在这里，我也会死在这里”（海子《亚洲铜》）；或复现一种传统或古旧的生活模式和场景：“父亲靠着土墙站着，劳累是个秘密/没人注意到，此刻他对墙的依赖”（朱文《父亲》）；或作为生活重担的主要承受者：“父亲是多么有力。肩上驮着弟弟/背上背着我，双手抱着生病的姐姐”（朱朱《1970 年的一家》）；或为卑微、悲苦的代言人：“他上不了桌面，登不了台，一个老农夫的儿子/在有他之前，悲苦已经先期到来，第一声啼哭/便满嘴尘埃。”（雷平阳《祭父帖》）……大致说来，“父亲”负载着传统、过去、负重、隐忍，或权力、威严、秩序等文化内涵。父与子，因血缘和伦理上的确定性关系，而分属于较明确的位置上：他们是身份和地位上的尊与卑（如于坚《感谢父亲》）；或对尊卑的质疑和消解（于坚《致父亲》），是年龄和身体上的衰老和年青，是权威和力量上的强与弱（强弱同样可能遭遇逆转，如多多“把晚年的父亲轻轻抱上膝头”）……吕德安却为我们展现了一种陌生化的父子关系：他们是“肩头清晰地靠在一起”的两个人，是作为主体和主体的“他”和“你”，就如同身份平等的“雨和雨”。“雨和雨的间歇”是寂静，“父亲和我”并肩同行时同样沉默无声。这种寂静和默契，通过“滴水的声音”得到了更充分地反衬：

滴水的声音像折下一枝细枝条
像过冬的梅花

“水”滴在寂静的虚空，滴在两句诗的空白之间，形成一种贾岛式的声效。同时，在日常化的、我们极为熟悉的“秋雨”“时光”和“父亲”之间突然引入“细枝条”和“过冬的梅花”，既奇崛又自然。首先，它们共同服膺于一个更高的艺术法则：静谧的气氛。其次，它们都适用通感的交通规则。从“滴水”到“折下一枝细枝条”，再到“过冬的梅花”和“父亲的白发”，“秋雨”已悄无声息地“过冬”。再退远点，“多年时光”已攸然而逝，裸露出“灵魂”迎接我们张望或“肃然起敬”：

父亲的头发已经全白
但这近似于一种灵魂
会使人不禁肃然起敬

隐身于知觉系统的控制台，在“滴水的声音”“过冬的梅花”和“父亲的白发”依次显现之后，诗人适时推上了“灵魂”的按钮。意象与意象彼此辉映，如雨和雨合奏出一阙知觉的交响乐。各种知觉和意象的彼此关联、砥砺和均衡，又在总体上对应和强化了“父亲和我”这对主体间的彼此尊重和无声默契。

《父亲和我》向我们展示了一个通感大师的娴熟手艺。谙熟这门技艺的基础是敏锐的视觉、听觉、嗅觉、触觉和知觉。在吕德安诗歌中此类证据俯拾即是：“当他们踩过屋顶，瓦片/发出了同样的碎裂声，/再小心也会让人听见”（《泥瓦匠印象》）；“少女踩过冰冻的草坪/细微的脆裂声传入体内//那不是蛇的咝咝声/而是雪缝里仿佛有知觉的草”（《少女踩过冰冻的草坪》）……同时是一位画家的吕德安有着极强的画面意识和视觉能力。他亦善于将微弱、纤细的声响从寂静中打捞出来，从嘈杂的日常中离析出来。在《父亲和我》中，滴水的声音、细枝条折断、过冬的梅花……这些只在寂静时才能听取的声音，只在“安详”时才能看见的画面，强化了寂静和“安详”的在场，也让寂静和“安详”获得了一个个具体的形象而显得神秘动人。

依然是熟悉的街道
熟悉的人要举手致意
父亲和我都怀着难言的恩情
安详地走着

——《父亲和我》

“熟悉”既构成了此刻街道寂静的理由——人们用“举手致意”代替了口头问好，也是对前面父子间因彼此“熟悉”而无声的回应：“我们刚从屋子里出来/所以没有一句要说的话/这是长久生活在一起造成的。”风格和声效的回旋与重温，扩大了“寂静”的范畴：属于“父亲和我”之间的暂时性的寂静，扩展为“我们”从出门到街上的所有时空。到诗歌结尾处我们意识到，“寂静”以及“父亲和我”所怀着的“难言的恩情”，还将伴随这场未交代终点的“安详”的行走而继续下去……

如果在夜晚的曼哈顿
　和罗斯福岛之间
一只巨大的海鸟
　正在缓缓地滑翔，无声

无息；……

——《曼哈顿》

吕德安用寂静填满“雨和雨/的间歇”，也用“无声无息”联结“曼哈顿/和罗斯福岛之间”。物与物之间空白仍然存在，就像诗意和现实之间的罅隙依然裸露，然而空隙又似被某种迫近的感受力所充盈，如同“难言的恩情”弥散于“父亲和我”之间并联结了“我们”。

沉默，有时候我找到它的背后
　在深处拾起它的石头
沉默，有时我是发生在其中的
　一件事——继续拾起它的石头

——《沉默》

又见“沉默”，又见旋律和节奏的回旋。这简单的几句诗还包含了吕德安最喜爱的意象之一：“石头”（他的一本诗集就名为《顽石》）。石头：自然、原生、拙朴、沉默；常隐身荒草或溪流之间，如沉默的诗人隐身于喧嚣的日常生活和当代诗坛。

波德莱尔曾毫不隐讳地建议艺术家“向广告的精神学习：用新的手段……激发同样多的兴趣，加两倍、三倍、四倍的剂量”。其理由是“市场让大众上台掌权，它希望受到谄媚、诱惑，甚至征服，它在政治和艺术中要求自己的英雄。”[1] 1980 年代以来，我们在自己的身边和阅读视野中频频见识波德莱尔的受教者们——不论他们是否聆听过波德莱尔的此番教诲。如西川曾感叹的：“凡是太像诗人的肯定不是诗人，至少不是好诗人。”当代诗坛涌动着难以按捺的喧嚣和躁动，充斥着英雄主义的自我崇拜、自我神话、自我广告、自我包装等需要用理智和教养加以抑制的本能冲动。与此相比，热衷寂静和沉默的吕德安太不“像个诗人”了。对寂静的青睐，对优雅的崇尚，更重要的是，对知觉的敏锐和对通感的非凡驾驭能力，使吕德安的写作成为某种意义上的“寂静的诗学”，也让他与很多诗人拉开了距离。

2　微物之光

即便在寂静和克制的描述中，吕德安依然试图提炼出某种非日常的光芒：“或许有一天我会不自觉地记起这里的情景/满头的皱纹闪着宁静的光”（《晚景》）。与诗人对寂静的偏好相承，闪现在吕德安诗歌中的，绝非灿烂炫目的“阳光”，也非一

---

① 转引自吕迪格尔·萨弗兰斯基：《荣耀与丑闻——反思德国浪漫主义》，卫茂平译，上海人民出版社 2014 年版，第 299 页。

枝独秀的“月光”，而更多是散现于夜空中的“星光”，它们遥远、微弱，坚韧而不绝：“在繁星寂寞的夏夜/如果有人用耳朵听出蟋蟀/那就是我睡眠中的名字”（《蟋蟀之王》）；“我离开桌子，去把/那一堵墙的窗户推开/虫儿唧唧，繁星闪闪/夜幕静静地低垂”（《诗歌写作》）；“多么奇诡的黑暗呵。每一次经过死亡/都会抖动缀满星辰的羽毛”（《死亡组诗》）……对星光的喜爱甚至可以追溯至《沃角的夜和女人》——这也是目前可以看到的诗人的最早作品：

沃角，是一个渔村的名字
它的地形就像渔夫的脚板
扇子似地浸在水里
当海上吹来一件缀满星云的黑衣衫
沃角，这个小小的夜降落了

在这首写于 1980 年的诗中，黑夜的降临被喻为“吹来一件缀满星云的黑衣衫”，飘逸、流转，充满舒缓有致的动感。止于形色的隐喻，使“黑夜”真正还原为黑夜，而不是其他在此时盛行的象征寓意。这种自觉于词与物的同一，自觉于忠实观看、倾听、感受等知觉经验的写作起点，既弃绝于当时蔚为流行的观念性“所知”写作——这种充斥着象征话语和观念模型的写作以“朦胧诗”为代表，并在几年后被诟病为因对立于意识形态话语从而自身也不可避免地沾染了某种意识形态，同时区别于另一种纯诗式的不及物的“所知”写作——这种意象和经验主要来源于阅读、想象等超现实领域的写作形式，此时正被几个嗅觉敏锐的年轻诗人所练习。与之相比，《沃角的夜和女人》代表了另外一种更为重要的写作形式，即倾注于描述“所见”和“所觉”的诗歌：“它的地形就像渔夫的脚板/扇子似地浸在水里”。吕德安以近乎白描的精准感知辅之新鲜的隐喻，呼唤和迎接物的初现，同时娴熟地游走于各种知觉之间：

人们早早睡去，让盐在窗外撒播气息
从傍晚就在附近海面上的几盏渔火
标记着海底有网，已等待了一千年
而茫茫的夜，孩子们长久的啼哭
使这里显得仿佛没有大人在关照

人们睡死了，孩子们已不再啼哭
沃角这个小小的夜已不再啼哭
一切都在幸福中做浪沫的微笑

这是最美梦的时刻，沃角
再也没有声音轻轻推动身旁的男人说
“要出海了”

——《沃角的夜和女人》

这是一个“去象征化的世界”，一个纯粹知觉的时刻：窗外的盐、渔火、浪沫、孩子的啼哭、女人的耳语……仅仅作为它们自身发生于一个“茫茫的夜”并为诗人所见所觉。当然，这又是属于吕德安个人的“沃角”，是他让盐、渔火、浪沫、孩子的啼哭、女人的耳语从事物转换为意象，并结构进一个语言关系和诗意氛围中：窗外泛光的盐粒反射着灰明的夜空，孩子此起彼伏的啼哭呼应着远处忽明忽暗的渔火，女人的轻声耳语如同“缀满黑衣衫”的“星云”飘过……诗人令物与物作为意象彼此点亮，进而共同丰盈了一个地名和夜晚。

吕德安曾说过：“我觉得我的每首诗都是对现实的竭力求近。……现实不是一面镜子，只有我们在它那里真正找到我们自己时它才是。”诗人明白，语言不可能还原而只能无限接近现实，或直接创造另一个逻辑现实：一个语言形态中的“沃角”。如同这个地名本身所蕴含的：沃，盈润也；角，尖微也。通过对微小事物的知觉和盈润，吕德安找到了属于自己的声音、风格和形象。他的诗歌，也成为献给微物的颂歌，以及献给知觉和感受力的赞歌。

微物之光继续闪烁于吕德安其后的写作："一颗石榴树到了夏天的年龄/正是收获黄金的时候/每片叶子都厌倦似的/裹住一朵小小的梦幻的火焰/尽管实际上它已年近苍老//……你会看见地面上/坠落的石榴在舞蹈/一朵朵小小的火焰在舞蹈/在躲避一只手/你会看见我的臂膀闪耀/心中充满了神奇和敬意"（《八月》1987）。看上去诗人像在目光和感觉的必经通道预先埋伏了一台火炉，穿过火苗上方跳跃的幻镜望去，"石榴"变成了"黄金"和"梦幻的火焰"，滚落的石榴"在舞蹈"……诗人深谙知觉的变幻术，身怀提取微物之光的绝技。经其之手，拙朴无华的事物漾溢出迷人的光晕和神秘的光辉，闪烁出形而上学的魅力。

"诗歌是一种即时的形而上学"，巴什拉说，"一首短诗应该同时展现宇宙的视野和灵魂的秘密，展现生命的存在和世间诸物。"① "让我们回到/简单又简单的/事物中"（《除草——悼念父亲》），通

---

① 加斯东·巴什拉：《诗意瞬间和形而上学瞬间》，载《梦想的权利》，顾嘉琛、杜小真译，华东师范大学出版社2013年版，第245页。

过将目光和知觉收缩于微小而游离的事物，吕德安将它们聚拢在一首诗或一幅画中。当它们彼此照亮、互相叩问之时，诗人对生命、存在的洞察以及灵魂的秘密，亦随之悄然显露。

3　“我坠落如石头”

关注“头顶的星光”的同时，吕德安并未忽略它们的伴生之物：

我离开桌子，去把
那一堵墙的窗户推开
虫儿唧唧，繁星闪闪
夜幕静静地低垂

在这凹形的山谷
黑暗困顿而委屈
想到这些，我对自己说：
“我也深陷于此”

——《诗歌写作》

虽有“窗户”和“繁星”，“墙”和“凹形的山谷”仍旧带来逼仄和限制性的感受。这种经验是视觉的，更是知觉的：黑暗如一头受伤的哑熊“困顿而委屈”。什么样的“诗歌写作”可以安慰这头“黑暗”，以及同样“深陷于此”的“我”？

在与诗人木朵对话时，吕德安曾如此自况：“诗歌作为文字游戏，一些来自现实的素材在那里转换为文本整体的一部分。”（《木朵/吕德安访谈：深奥晦涩不是我的风格》）这种诗学观念令我们想到“游戏说”的主要倡导者席勒和其名言：“只有当人游戏的时候，他才是完整的人。”面对将人变成“碎片”和“其劳作的一个印记”的分工社会，这位浪漫主义的先驱者认为，艺术的自由游戏能够将人“从分工的逼仄中得到解放”。德国当代思想史家吕迪格尔·萨弗兰斯基对此补充解释说：“在美的享受中，他预先品尝在实际生活和历史世界中尚告阙如的一种丰盈。”①

“在一个高要求的意义中”，吕迪格尔·萨弗兰斯基将包括席勒在内的德国浪漫主义作家称为“形而上学的娱乐艺术家”。他们站在旧有信仰被启蒙所削弱、理性化和机械化对自然和世界开启祛魅模式的门槛，感到凛冽刺骨的寒意。“浪漫主义作家需要一位审美的神——不怎么提供帮助和保

---

① 吕迪格尔·萨弗兰斯基：《荣耀与丑闻——反思德国浪漫主义》，卫茂平译，上海人民出版社2014年版，第50－52页。

护，不怎么说明道德之理由，而是将世界重新秘密地遮掩起来。只有这样，面对被祛魅至虚无主义的世界，那个巨大的裂缝才能被避开。”对祛魅和虚无主义的克服“形成了浪漫主义作家的现代性”，对这种“现代性”萨弗兰斯基持一种肯定和理解的态度，“因为他们太清楚地知道：有坠落之危险者必须得到扶持。这也是娱乐在此更确切的意义。”①

一种奇妙的巧合：有足够的文本证据显示吕德安喜欢自喻为“石头”并感觉到坠落的危险：“我坠落如石头，坠落然后溢出我自己”（《精灵的湖》）；“而他的身体就是在这样的音乐中/像一块逐渐消失了重量的石头”（《古琴》）……即使忠实于视觉和生活经验，诗人的“石头”也伴随着“滚落”的势态和“受伤”的“拟态”：“一块石头被认为呆在山上/不会滚下来，这是谎言/……/当它们在山上滚动，我看见它们/一块笔直向下，落入梯田/一块在山路台阶上，一块/擦伤了自己，在深暗的草丛/又在一阵柔软的叹息声中升起/又圆又滑，轻盈的蓝色影子/沾在草尖上犹如鲜血滴滴”

① 吕迪格尔·萨弗兰斯基：《荣耀与丑闻——反思德国浪漫主义》，卫茂平译，上海人民出版社2014年版，第226－227页。

(《解冻》)。与德国浪漫主义作家相比，两百年后的诗人面对着更彻底的祛魅和更深重的虚无：“房子已变成了坟墓，那些我们以为/是房间的，现在不过是一片虚无”（《冻门》），以及诗意和日常生活之间宽深得如“凹形的山谷”的裂缝。并且，当代诗人还需面对象征图式的式微和部分失效，以及“可感知之物”和“可构想之物”的分离。“而今，在我们的视野中，”就像批评家耿占春所洞悉的，“事物正在被还原为没有观念中介的知觉过程。”[①] 可以说，在这个“失去象征的世界”，诗人既是“石头”又是西西弗斯，更加需要某种力量支撑他应对坠落和虚无。

面对“坠落的危险”，吕德安或许怀着与两百年前的席勒、霍夫曼、施莱格尔、诺瓦利斯等人相似的吁求和写作动力——呼唤“一位审美的神”将世界“重新秘密地遮掩起来”。这种推断可以从诗人所钟爱的意象、动作和气氛，所擅长的韵律和节奏感，以及相对整饰的诗歌形式中得到检验和确证。根据福楼拜的看法，作家的风格蕴含着其“思

① 耿占春：《失去象征的世界》，北京大学出版社 2008 年版，第 1 页。

考和观察世界的方式”[①]，写下“愿这些房子永恒/愿它们有自己的故事和神话/就像海边岩石上的塔”（《纯粹的歌》）的诗人，毫无疑问地接近或者说属于一名“浪漫主义者”。或说得更准确一些：一个崇尚沉静、纯粹、神秘、优雅和永恒的浪漫主义者。通过语言和修辞的炼金术唤醒事物自身的知觉和能量，这个浪漫主义者不仅改变了事物，改变了观看本身，也改变了作为观看者的诗人和作为阅读者的我们。其诗歌中闪烁的自足的、无功利性的美感和崇高感，以及优美舒缓的节奏和音乐感，使“父亲”“石头”“石榴树”和“房子”复魅了神秘和神圣，同时使写作者和阅读者暂时栖身艺术和语言之中，作为一个文学化的个体获得了某种完整性。

那匹马，我存心接近过两次
啊，天空又是多么容易把它
从闪闪发光的臂部，转变成
仅仅用来搬运干草的暗淡的牲口

——《象征》

① 转引自翁贝托·埃科：《论文体风格》，载《埃科谈文学》，上海译文出版社2015年版，第163页。

当天空把“马”（及其“象征”）从“闪闪发光的臀部，转变成/仅仅用来搬运干草的暗淡的牲口”，诗歌的“浪漫化”的确可以作为一种复魅世界的途径和美学自救的策略。不过，我们得同时明白，诗歌通过“浪漫化”而生产的丰盈诗意，往往是建立在反对或避开更深远的历史语境和现实生活中的经济交换原则之上的。换句话说，“一袋土豆”只有在“艺术的短暂时刻和有限领域”才可能变成“一桶金币”：

农民在幽暗的地窖里摆弄，
把一只只圆鼓鼓的麻袋竖起，
咕隆咕隆地尽数倒进桶里，
啊，沉甸甸的一桶金币——

这才知道它们是一些土豆。
一股卑俗的种子气味，只是
被施加了变化的魔术，
不是还原而是变得更多。

——《土豆》

土豆，在生物学和经济学意义上，是形象普通、价值卑微的果腹之物，在诗歌中却能因着表象和视觉的相似以及在此基础上的移情而进入诗意生产系统，成为一桶光灿灿的、价值昂贵的“金币”。诗人的确掌握着“变化的魔术”，通过背叛“土豆”的分子结构和“幽暗的地窖”可能产生的象征意义——譬如生活的晦暗和贫乏，“卑俗”的土豆变为了“沉甸甸的”和“黄澄澄的”“金币”。这种转喻无疑构成了对“农民”和其日常经验的浪漫化处理。回忆一下诺瓦利斯对“浪漫”的定义——“当我给卑贱物一种崇高的意义，给寻常物一副神秘的模样，给已知物以未知的庄重，给有限物一种无限的表象，我就将它们浪漫化了。”① ——我们将更加确认，在这两节诗中——不论吕德安是否有意如此——他都显现为一个浪漫主义诗人的形象。“不是还原而是变得更多”，不是“还原”经验本相和“自然”事态，而是诉诸知觉的敏锐和错位，形象的丰盈和移转，以及反对消费社会的经济交换原则，拒斥理性化和计算主义的逻辑，诗人将“农民”“土豆”和“地窖”浪漫化了。

批评家耿占春在札记《秋天的意象》中曾经

① 转引自吕迪格尔·萨弗兰斯基：《荣耀与丑闻——反思德国浪漫主义》，卫茂平译，上海人民出版社2014年版，第13页。

描写过相似的经验。当时他正在新疆，路边堆积的黄豆、金黄玉米以及刚刚出坑的各式各样的馕，让其不禁想象农民和打馕的人“显得多么富有”——如果“仅以形象论，仅以劳动论，仅以货真价实论，仅以生命的必需品而论”的话。在此前提下甚至将馕比喻成是黄金都是“夸奖了黄金”，批评家说：“金子自身没有这样的香气、热量和融化为身体更大欲望的力量。”不过他随即意识到，一旦这些黄豆、玉米和馕必然性地进入经济交换体系，他们的主人就会“顷刻间变成了世上的穷人”。“这是一个邪恶的魔法，”批评家也使用了“魔法”一词——在消极和沮丧的意义上，“让富裕的劳动者失去了一切，让那些不劳动的人魔法般地拥有了财富与权力，并且在一切场所、在一切财富之上人不知鬼不觉地把真实的劳动遮掩起来。”①

这种贫富状态的即刻逆转令我们不得不思索：诗歌的“浪漫化”究竟能够在多大的程度上替西西弗斯抵挡那块极速坠落的石头？或许在某个诗意的瞬间，在一个封闭的语言逻辑空间，在诗人将“石头”幻化为形而上学之时，即“艺术的短暂时

① 耿占春：《2008 年札记》，未刊印。

刻和有限领域”，石头坠落之势可以得到暂时的悬置。然而如果迈出这一有限的领域，诗人必须先校准知觉和逻辑的怀表。在此托马斯·曼为我们提供了一个伟大的典范：这个曾经的纯粹的浪漫主义者，在领会了马克斯·韦伯的价值领域区分的理论后幡然醒悟：“狄俄尼索斯论者在他踏上政治的土地之前，首先必须清醒过来。”在后来的年月里，曼坚持做到了“不让审美的顽念过分地扩张到其他生命领域”。他甚至把尼采早年关于文化的两院制作为依据：“在一个屋子里创造性地和浪漫主义地进行加热，在另一个屋子里维持生命地和理性地进行冷却。”① 另一位距离我们更近的诗人——亚当·扎加耶夫斯基——在“捍卫热情”时也不忘提醒人们：“我们必须防范修辞，有些本来值得称道的人就成为了它的猎物。”浪漫化的冲动和修辞的诱惑如同塞壬美妙的歌唱。既不想错过歌声又不想让自己为之吞没的诗人，或许可以学习一下狡猾的奥德赛——让人把自己绑在桅杆上。譬如一根叫做“诚实”的桅杆。就像扎加耶夫斯基说的：“向

① 吕迪格尔·萨弗兰斯基：《荣耀与丑闻——反思德国浪漫主义》，卫茂平译，上海人民出版社2014年版，第353页。

‘高度’的远征应在个人诚实的状态下进行。”①

在绝大多数时刻，吕德安都没有离开自己的桅杆。在修辞的热情和经验的粗粝之间，他掌握了平衡的技巧，也为自己的诗歌“远征”校准了航线：“草场上有人在装草/小小的马车闪耀着金光/四周空空荡荡/唯有他在漫游歌唱//……大清早的风吹拂/西天还晃动几颗星辰/过不久草将全部运走/给过冬的畜生充槽。”（《献诗》）他依然满怀热情地为草场镶上金光，并流连于歌声、星辰和微风——这是诗人的本能和“本职工作”，《献诗》也未忽略“过冬的畜生”的石槽——诗人对待生活的真诚和道德感保障了这一点。它们也保障诗人在《土豆》的结尾返回“农民”的身份和其“本职工作”：

但他仅仅是一个农民
必需再垦出一片新地
为她早已预言在先
也为那些真正的土豆

① 亚当·扎加耶夫斯基：《捍卫热情》，李以亮译，花城出版社2015年版，第7、11页。

不是技艺，也不是修辞和浪漫化的冲动，而是黄金般的诚实，让“土豆”最终成为“真正的土豆”。“多少年，在不同的光里/我写微不足道的事物/也为了释放自己时/顺便将黑暗沉吟”（《诗歌写作》）。或许，吕德安对微小之物的热爱，与其说是出于诗意化和浪漫化的写作策略，毋宁说是出于对视觉和知觉有限性的诚实面对和坦然接纳。

从“果园”到“屋宇”

——读李森诗歌

在李森早期的诗歌中，银杏、松林、桃子、枣子等自然存在物，通常是作为某种生活背景或认知结构出现于主体的视觉瞬间：“果园　就在我的面前/刚才我还在里面漫步/想着果园之外的事情/没有注意眼前的景象”（《果园》）；“它是树　我的邻居/我年年接受邀请/出入它的季节/……/有一回我爬到它的顶部/……/在高处　看见了我的屋顶/我的窗子是多么小而阴暗”（《银杏》）。

在写作的早期，李森已显露出使“物”以其本有形态呈现的诗学努力，然而细读上述诗歌可以发现，诗人对“物”的呈现和欢颂，更多显现为主体的强化和确证：

大地的欢乐是物的欢乐
在一座高原的早晨
物的线条向我涌来

物的平面随我远去

我是欢乐的中心

——《物的欢乐》

写于1988至1992年间的诗歌曾被辑为“物的欢乐”。在这首同名诗歌中，“我”不仅是“欢乐的中心”，还等同于“大地的中心”。即便在部分诗篇中已表露出对语言主体主义和形式主义的追求以及“诗到语言为止”的意识自觉，李森此时的大部分诗歌依然不是反主体性的，相反，它们为我们展现了一个强大的主体：

那时我的移动　就是物的移动

正如飞鸟移动时　树的移动

——《物的欢乐》

在这里，很难说“我”与“物”“飞鸟”与“树”的关系是由词语推动的。它们或由视觉游移的作用，或不妨说仅仅受制于主体的写作意识。通过将主体放置于物与物之间，或寄托于物的某个瞬间形态之上，诗人的主体性凸显无遗：“我知道它的手会从我手中抽去/但在这一时刻我已完成了一生/我已窥见了过去和未来在空谷中徘徊/在一粒红草莓上辉煌地一闪”（《在这一时刻》）。可以说，在早期的诗歌中，自然是作为一种因素而非自足性的主题出现的。

在2001年之后的几年里，李森的诗歌较多地关注了现实中的社会问题和伦理话题。在《历史》《鲁迅》等篇什中，“树木”“青草”这些自然物象，与“镰刀”“斧头”“刀斧手”“高墙”等物一道呈现为我们并不陌生的象征意象：

带着恨和骄傲，含着泪来到今天
遗忘，已经把血债统统还给了土地
树木和青草，又散发着芳香来寻找镰刀和斧头
来找斩断它们与根脉联系的人
不是所有生命都渴望挺拔，向往高处
一些头颅，天生要来试一试刀口的锋芒

——《历史》

这种沉重、肃穆、带有明显的意识形态批判和人道主义关怀的写作持续的时间并不长。很快，李森复归了轻盈、诗意的声调和风格，并注意让“自然”和“物”以非象征性的意象出现。在近年的诗歌中，伦理主体和抒情主体退却、自然和物自足性呈现，已成为李森诗歌明显的诗学特征和个人

风格。

在最近出版的诗集《屋宇》（2012 年）中，在《春水》《春光》《中甸》等组诗中，主体让位于“物”的自足性呈现，首先为多数诗歌的标题所印证：《城郭》《苍鹄》《啄木鸟》《长颈鹿》《云雀》《石头》《番茄》《转经筒》……《屋宇》中，大量诗歌以物、象为名。如标题所示，在很多诗歌中，与物、象声势浩大地出场相对应的是“我”的隐匿：“门里，筛子等着风车，簸箕等着米/门外，番茄领着辣椒，冬瓜领着土豆”（《家园》）；“日出春水，血红的骨朵，在波尖弹着骨朵/岸上的一群银鼠，裹着白日梦的绒灰”（《银鼠》）。即使偶然出现了“我”，也仅仅屈居一个无关紧要的可被替代的定语：“春水在流，新柳潮湿的云团绕在我家的城郭涂鸦”（《城郭》）；“我的一筐草莓模仿蜘蛛，缀满昔日城堡的月台”（《日红》）。我们发现，在《屋宇》中，诗人将视觉聚焦于“我”的外在，即超出人的意志与意识的其他存在和先决条件，这让《屋宇》显得趋于一种“反主观主义”和“反本质主义”的立场：“我”不再是“欢乐的中心”和“大地的中心”；不论是作为观察者还是参与其间的“我”，在诗歌中都不再具备意向性的决定能力。“我”不再是可主导局面的“基本动因”，而只是构成自身与他物之间相互作用的一个“可能行为者”。看上去，诗人放弃了“我思”“我想”，而只让他物显现、行动。这种“主体性撤退”的姿态，就如有评论者所观察到的，“诗人让物说话，……诗歌主体开始让位给自然这个主体，让自然成为主体，而隐去已有的诗歌抒情主体”①。

在自然从古典诗人所乞灵的主要源泉沦落为权力意志所支配的对象和资本形态，换言之，从“道法自然”或“天人合一”的重要地位沦落到被操控的“资本化自然”② 的语境下，李森在《屋宇》中就自身与他物之间相对关系的有意调整，无疑是一种可贵的对抗。就更广泛的意义而言，对“主体中心论”或“先验主体”的对抗，不仅仅属于诗学范畴或语言学范畴，它同时关乎政治学和人类学的问题。在这一问题上，西方最具代表性的思想家

---

① 夏可君：《李森的新咏物诗以及古典诗意语文的全面复兴》，见《屋宇》“评论”部分。

② 政治生态学的代表人物埃斯柯巴（Arturo Escobar）在《当代人类学》杂志 1999 年 2 月号发表长文《自然之后——迈向反本质主义的政治生态学》，认为有必要对自然的多重形式和杂糅化现象进行研究。他提出了三种自然形式：资本化自然（Capitalist Nature）、有机体自然（Organic Nature）和科技自然（Techno nature）。转引自张雯：《“有机体自然”与“资本化自然”》，《贵州民族研究》，2008 年第 1 期。译文略有改动。

当属福科和德里达，他们都将人类中心论看成是一个“已消亡的神话”。如福柯曾经得出这样的结论：“无论如何，有一件事是确实的：人并不是已向人类知识提出的最古老和最恒常的问题。……人是近期的发明。并且正接近其终点。”看上去，此时的福柯很乐意看到这样的景象：“人将被抹去，如同大海边沙地上的一张脸。”① 同福科一样，德里达将尼采哲学尤其是他关于最后的人（last man）与超人（overman）的区别作为决裂之路的主要方向。当最后的人依旧留恋人道主义的盛典和人的尊贵时，超人则抛弃过去、义无反顾，“他焚烧了他的家谱，抹掉了自己的足迹；他以狂笑迎接回归同一，此时的同一已不再是人道主义的形而上学翻版”②。

福科和德里达的态度代表了西方现代思想界对传统的人性和人类处于宇宙中心观点的深刻质疑和不满。在“反人道主义”强大的号召力和反抗之下，主体性遭遇了前所未有的“黄昏”。在《屋

---

① 米歇尔·福柯：《词与物》，莫伟民译，上海三联书店2001年版，第505－506页。

② 德里达：《哲学的边缘》，转引自弗莱德·R. 多尔迈：《主体性的黄昏》，万俊人译，广西师范大学出版社2013年版，第29页。

宇》中，主体性的晦暗同样构成了一个非常明显的特征。然而，就像人们曾经对“旨在激烈转变的策略性反人道主义”的可行性产生的怀疑一样，除了在认识意义和通常意义上的问题之外，主体性的彻底消弭是否可能？对外部力量的依赖难道不是必然要预设人的内在性吗？就像我们在认识论的历史上曾经过于依赖“宇宙规律”“逻各斯”、人的理性等等“真理”法则一样，“取消主体性”难道不是又一个过于激进的幻想？在《屋宇》中，主体性真的消失于“春水”的“咕咕”声和“银鼠”的“白日梦”中了吗？

1

已有很多论者注意并评述过李森诗歌中的古典诗性倾向，注意到他对诗经楚辞以及唐诗宋词等中国古典诗歌传统的吸纳，这表现在他的诗歌中叠字的频繁使用、对单字的特别青睐、对现代常用词语的刻意重组，还表现在诗人将视野瞄向自然中的物象——而这是古典诗词最重要的甚至是唯一的来源。

或许，转向他物而隐去“诗歌抒情主体”，不仅仅源于诗人“在长达二十多年的学习西方诗歌之后”，重新将中国古典诗歌作为写作策略的借鉴并“完成了汉语诗意的重新发现”[1]，在经历了宏大而虚假的“主观主义”表达和对自我表现的拙劣模仿之后，当代人还同时面临着一股强大的力量，这力量一直通过官僚化体制、资本运作、科学技术等方式将我们携裹进一种个人化甚至“原子化”的存在——虽然它被罩着一个“集体利益”的面具。对于中国当代诗人——就像曾经的西方现代主义诗人所面对的那样——来说，克服“主体中心化”同样是一个“伦理的和美学的主要任务”[2]。受这种意识驱动，诗人力图与浪漫主义的诗学表达，与工具理性意识和政治权力意志的灌输——比如“向自然界开战”和“人类同时是自然界和社会的奴隶，又是它们的主人。”（《毛泽东著作选读》）——拉开距离，从而力图从事物自身出发去表现它们——就像里尔克在其“新诗”中所做的那样，也像李森在《屋宇》中所做的这样。这并非一个无关紧要的变化，从“资本化自然”转向“有机体自然”，至关重要地显示出了诗人自我定

① 夏可君：《李森的新咏物诗以及古典诗意语文的全面复兴》，见《屋宇》“评论”部分。

② 查尔斯·泰勒：《自我的根源》，韩震等译，译林出版社2012年版，第620页。

位的改变。

在李森的诗歌中，“物”纷纷彰显出在传统认识论中只有“天道”或“人”才可能具备的能动性，它们俨然代人而立，拥有了自己的“主体性”：

苍鹄在天，叫山下的一辆马车，春可听见
苍鹄在野，叫水上的一座木桥，春可听见
苍鹄在叫苍鹄，两只苍鹄在两个雨帘的笼子里
雷在叫雷，两个雷在命运的前后，撞同一座石壁

——《苍鹄》

引人注意的是李森诗歌中“在”字的频繁使用。在这首《苍鹄》中，“苍鹄”和“雷”的形和质都是由“在”字控制和显现：“苍鹄在天”“苍鹄在野”“苍鹄在叫苍鹄”“两只苍鹄在两个雨帘的笼子里”“雷在叫雷”“两个雷在命运的前后”……与之相关涉的“天”“野”“笼子”“马车”“春”“木桥”“石壁”等物的形和质同时被显现了出来。一个“在”字，意味着这些事物拥有着先验的、不以人的认识所改写的存在性质。“苍鹄”

“马车”“木桥”“雷”以及“春”等等因处“在”同一首诗中而共同构成了一个结构。在其他的很多诗歌中，李森都痴迷于显现这种福柯意义上的“无主体的匿名体系”。诗人通过取缔“我”的主导地位，取消了人的意志的确定能力，通过昭示“物”的先天存在，瓦解并嘲弄了传统认识论中“意向主体”的“绝对的优先权”，通过罗列众多“物”的结构关系，暗示了“我”与自然的关系已由传统认识论中主客体的“认知关系”（relationship of knowing）转变为“存在的关系”（relationship of being）[①]。在一种“存在的关系”中，我们用身体感知世界，感知他物，感知“苍鹊”“野”，感知“苍鹊在叫苍鹊”“雷在叫雷”……诗人使用身体的知觉将它们组织进《苍鹊》一诗中，组织进诗人某一时刻的经验结构中。

同时，也是更重要的，是诗人的创造性想象在这种组织行为中的不可缺席。诗人或可听见“雷在叫雷”，然而“两个雷在命运的前后，撞同一座石壁”则不是我们的视觉或听觉所能为，它必然依赖于一种观念意识以及在其引导下进行的语言构造。

---

① “认知关系”（relationship of knowing）和“存在的关系”（relationship of being）借用了梅洛-庞蒂的概念。

物体和我们的身体能形成一个系统源于“物体的同一性被想象为而不是被体验为我们身体的统一性的关联物”。就像梅洛-庞蒂曾写道的，是“身体”这种主体的感受形式“不断地使可见的景象保持活力，内在地赋予它生命和供给它养料，与之一起形成一个系统”①。

可见，即便在一种系统或结构的关系中，诗人的主体性也并未被取消——也不可能被取消——它只是转为了一种特别隐在的表达：如对他物的知觉和对主体想象力的化用。

2

这是一个“确凿的事实”，就像查尔斯·泰勒得出的结论：“仅仅存在着折射的见解，而这一事实则意味着，我们不能将展现的东西与我们为了展现它所创造的手段分隔开来。”显现的本性就在于诗人如何“以一个不能与他们分开的媒介把现实赋予我们”②。这个“不能与他们分开的媒介”，既有对物象存在状态的捕捉，也有创造性想象的折射。

---

① 莫里斯·梅洛-庞蒂：《知觉现象学》，姜志辉译，商务印书馆2012年版，第261-262页。

② 查尔斯·泰勒：《自我的根源》，韩震等译，译林出版社2012年版，第619-620页。

白昼的猫头鹰，藏在水光的一朵棉里昏厥

同一棵树上，果子的红和绿，圆和扁，如此无聊

深夜的猫头鹰，藏在自己凄厉的声波里滑翔

多少个夜，向着春水中虚幻的纸鹤，滑不到尽头

同一座森林，豹眼中的花和叶，在拼贴万花筒

——《猫头鹰》

“藏在水光的一朵棉里”的“猫头鹰”，“红和绿，圆和扁”的、挂在“同一棵树上”的“果子”，在这些描述性的语词中，被诗人赋予了主体性的“猫头鹰”和“果子”之间有什么必然关系吗，我们看不出来。或许仅仅是因为所居位置的临近性，它们同时被诗人的目光或想象力而捕捉，进而折射在这首诗里。然而“昏厥”和“无聊”并非猫头鹰和果子的自然性质和表现：猫头鹰或会陷入睡眠但不会“昏厥”，“果子”或会静止然而不会感到“无聊”，“昏厥”和“无聊”明显是诗人赋予猫头鹰和果子的形态和经验。这两个词已轻易地将诗人牵扯了进来，诗人已不能再做到放弃主观性，冷眼旁观猫头鹰和果子的存在。

多少个夜，向着春水中虚幻的纸鹤，滑不到尽头

夜有“多少个”，春水中纸鹤的“虚幻”，“滑不到尽头”，这些微妙的经验感受，作为动物的猫头鹰是否拥有，子非鱼安知鱼之乐，我们确然不得而知。想必，猫头鹰的上述感受更多是一个诗人创造性想象的结果。

同一座森林，豹眼中的花和叶，在拼贴万花筒

从起初的“同一棵树”到末句的“同一座森林”，诗人视距在增长和拓宽。“同一座森林”在此构成了一个立体空间。猫头鹰和豹子都没有“森林”的空间概念；能感知一座森林的，只有人这个“心理物理主体”。所以一首诗的形成，就像一个“空间”被感知，必须有主体性的在场。“在空间本身中，如果没有一个心理物理主体在场，就没有方位，就没有里面，就没有外面。”① 为了描述一座森林，诗人需要把自己或自己的想象力放置在“森林”的里面或外面。

“同一座森林”中，一只“豹”看见“花和叶，在

① 莫里斯·梅洛-庞蒂：《知觉现象学》，姜志辉译，商务印书馆2012年版，第261-262页。

拼贴万花筒”。这让我们想起里克尔那只著名的豹。在这首重要的诗歌中，里尔克向我们传达了一只在笼中踱步的动物的内心声音：“它好像只有千条的铁栏杆，/千条的铁栏后便没有宇宙。”① 借此，里尔克把我们带入了豹子的内心世界。但是，正如迈克·汉堡在《诗的真理》（1969 年）中所发现的，这又不可避免地使得豹子成了我们自己被异化的内在深度性的符号。就像诗人李森的眼泪流在长颈鹿的眼中，诗人的悲智被描绘成长颈鹿的仰天探询：

长颈鹿，我的眼泪不止一次在你的眼中流下
你的脖子，一直替我探问天宇的蓝顶
你替我穿过非洲岁月，替我抗拒着狮子灵魂的崩溃
我替你摇着风箱的长柄，从古老东方吹来云雨

——《长颈鹿》

3

除大量以物、象为题的诗歌外，《屋宇》中也有少量以时间为题的诗歌。如组诗《春水》中的两首：

① 里尔克：《豹——在巴黎植物园》，冯至译。

天亮，东天醒来的但丁哥哥，赶着大海的马群上岸

日出，西天叫春的白羊，超度上坡的红花

午后，南天磁蛇的尾巴，温顺地在冰山之谷隐去

黄昏，北天缪斯妹妹的烛台，点亮最后的橘黄

今天，我环绕世界一周，然后被遗忘吞噬

——《今天》

早晨，夜雨后的荒地，荆棘串满了犁沟

中午，紫光垂下的空幕，被燕子的翅膀剪开罅隙

黄昏，我的那轮明月回来的路，直立东山

子夜，漫天冰凌的锃亮，开始滴水

缪斯妹妹，你把我和星宿一起关在马厩里

——《又一天》

将这两首诗放在一起，是因为它们有很多明显的共同之处。随着时间刻度的转变，相应的物象出现在我们的视野中："但丁哥哥"于天亮"醒来"，"西天的白羊"于日出"叫春"，"南天磁蛇的尾巴"于午后"隐去"，"北天缪斯妹妹的烛台"在黄昏"点亮"……看上去，除了自然规律，这些物象的显现还忠实于某个时刻。这种对具体时间感的恢复，有着先民记时性的仪式

意味，它暗示着对原初体验的唤醒，也在某种意义上构成了对现代性时间观念的拒抗。

耿占春在札记写作中曾引用过王阳明的“平旦之气”，并为其找到了一个遥远的“个人共鸣”爱默生。前者在《传习录》中说道：“人一日间，古今世界，都经过一番，只是人不见耳。夜气清明时，无视无听，无思无作，淡然平怀，就是羲皇世界。平旦时，神清气朗，雍雍穆穆，就是尧舜世界。日中以前，礼仪交会，气象秩然，就是三代世界。日中以后，神气渐昏，往来杂扰，就是春秋、战国世界。渐渐昏夜，万物寝息，景象寂寥，就是人消物尽世界。”十九世纪美洲大陆的爱默生则在《自然》中写过：“自然怎样用很廉价的元素把我们神化！给我健康和一个日子，我将让帝王们的浮华变得荒谬。黎明是我的亚述；日升和月升是我的帕福斯，无法想象的仙境；广阔的中午将是我感觉和知性的英格兰；夜晚将是我神秘的哲学与梦想的德意志。”批评家注意到，“爱默生把自身一天之中精神世界的状态比喻作古今不同的国度；王阳明则把人一日之内不同的精神感受比喻成具有不同道德意义的朝代。”①

在“资本主义自然”的语境中，世界客体化的表

① 耿占春：《札记》，第四卷。

现之一是均一的、同质化的时间观念，某些时间点或时间段所拥有的神圣、神秘、独特、仪式性都被取消了，所有的时间都平等地经过“钟表”这一现代性产物。这种物理学时间观念的发展，造成了一个不可避免的问题：在均一的世界时间背景之下，我们如何把我们自己的生活甚至信仰与某个时间联结起来？

时间的客观化也无可避免地对文学产生了重大影响。自十八世纪以来，新的时间观念改变了我们的主体观念：它形成了“分解性的、个别的自我”，这种自我的认同是“由记忆构成的。……他也只能在自我叙述中发现认同。”①

水草摇摆，栀子白开在村头，谷穗黄低在河边
在栀白与谷黄之间，一支笛子吹起一行鹭鸶
我的青天下有一棵树，披着一个黄色的斗篷
我的村里有一群乌鸦，正在攀登一缕炊烟
水草摇摆，童年涉水远去，缪斯妹妹的小鱼缀满蓑衣

——《童年》

童年，是属于回忆的时间。童年，是我们来源

---

① 查尔斯·泰勒：《自我的根源》，韩震等译，译林出版社2012年版，第413页。

的起点。童年是由过去时间中的人、事、物构成的一个“立方体”。当“童年涉水远去”，唯有借助回忆方可实现感觉上的抵达。回忆就是站在“童年”的外面，在一定的距离之外凝望它。

对《美诺篇》的柏拉图来说，“回忆”在于“回答你是如何曾经知道你要寻求的东西这个难题”，理念的知识不是靠训练加给我们的，“能力就存在在那儿”，今天的李森对“春水”的迷恋早就存在在童年时期对“栀白与谷黄”，对“水草摇摆”的敏感之中。诗人对“童年”的回忆，是对内在性感受的温习和唤醒。回忆也是一种再认识和超越，就像奥古斯丁说过的，“回到记忆使我超出自己。”① 当李森的回忆发生的时候，“童年”便成为复合的和多维的源泉。

通过恢复时间的具体性，李森抗拒着均一化、同质化的物理时间；通过对回忆的创造性叙述，他对抗着分解式理性的控制和“遗忘的吞噬”；借助写诗这种自我认识和自我阐述的途径，他实现了自我指涉和自我安放。

---

① 查尔斯·泰勒：《自我的根源》，韩震等译，译林出版社 2012 年版，第 191 页。

4

对“物”的知觉也好，对“童年”的回忆也好，物、象都不能简单地复现于诗人的讲述中。讲述总涉及到语言的选择和组织，“苍鹊”、“猫头鹰”或“水草”，都不纯然无辜地出现在诗人的想象或回忆中。它们之所以出现，是因为它们同时存在于诗人的思维秩序中，与诗人的“眼泪”和“缪斯妹妹的小鱼”拥有着某种意义上的临近性和同质性。

如果说在《果园》等早期的诗歌中，自然和物尚能呈现为诸种实在、实存，在《屋宇》中，自然和物已倾向于呈现为非物质化的存在。“苍鹊”“猫头鹰”或“水草”等，更多地为营造一种无条件的“纯”艺术作品而展露自身。我们能够意识到，诗人如何致力于摒除每一个物象所负载的陈旧象征和意象内涵积淀，这却使《屋宇》呈现为一种诗学努力的庞大象征。这也在更深的程度上印证了诗歌总是在“表现一个个人的观点”，无论表现方式如何，“表达与内在深度间的连接依然是割不断的和无法打破的”。正因为写作是对个人观念的折射，“我们就不能放弃基本的反省，对我们自己的经验或我们自身的事物的共鸣视而不见”[1]。

因此，虽然当代“反人道主义”已形成一股强大的潮流，并且其学说有着显而易见的长处，但是，就像弗莱德·R. 多尔迈提醒我们的，我们经过这一地带时“仍需小心谨慎”。因为，“由于缺乏有效的安全措施，反人道主义的牺牲品可能首先是自我反思和道德责任。在知识-认识论的层面上，反主体主义立场的主要危险是趋于客体主义的癖好。……他们通过贬低个体的理性和意识，削弱知识批判所必需的反思能力。同样，在道德领域里，对前意识或外在于人的结构及其氛围的强调，势必淡化人的自律和责任。”

在我们当下的语境，“自然”已不可能恢复在古典诗学中等于甚至高于“宇宙规律”和“道”的崇高地位，而类似“人定胜天”之类的野心所暗含的“先验主体”和权力中心论更值得我们质疑与远离，这就是说，今天的诗人在处理“自然”或他物时，或许只能在这左右不可为的中间地带寻得一栖身之地。或许可以借鉴弗莱德·R. 多尔迈的论断：“与人类中心论相对的也许不是反人道主

---

① 查尔斯·泰勒：《自我的根源》，韩震等译，译林出版社2012年版，第619页。

义，而是缩小了的人的概念。”被剥夺了优越性之后，我们需要引入的是“一种缩小的、非占有性的概念”[①]，即具有反思的“主体”。

可贵的是，在李森的诗歌中，就隐含着这么一个“缩小了的人的概念”和反思的主体（尽管十分隐秘）。写下《春水》《春光》等诗歌的李森就像马克·奥勒留在《沉思录》中通过界定主体的运动所显示的那个“精神知识的形象”：他“在世界中的立足点出发扎入世界之中，或者倾向于这个世界，直至其细枝末节，就像近视眼清点最细小的谷粒一样”。在对“主体中心论”旗帜鲜明地对抗之后，晚年的福柯认为，这一形象明显与奥勒留“倾心于事物的主体的洞察秋毫的目光”有关——后者认为：“任何东西，包括它的性质和价值都不应该放掉。”[②]

---

① 弗莱德·R. 多尔迈：《主体性的黄昏》，万俊人译，广西师范大学出版社2013年版，第30－31页。

② 福柯：《主体解释学》，佘碧平译，上海人民出版社2005年版，第305页。

一只马蜂的精神分析

——读黄纪云诗歌

黄纪云的诗歌中盘亘着一只嗡嗡作响的马蜂。就汉语诗歌写作传统来说，经常出现在诗人观照中并在某种程度上被寄予个人情操的昆鸟主要是蝴蝶、丹雀、黄鹂、喜鹊、莺燕等，它们或形态端丽、音质清脆，或性情高雅、神秘高贵，或寓意吉祥高洁、欢喜圆满……与它们不同，无论是发声、形象，以及可能产生的联想和喻义，马蜂都弃绝于某种传统的、怡人的、适宜的、典雅的诗意和情趣。可以说，马蜂的形象（身长、腰细、具毒）是反“诗意”和反“古典”的，这是一个“恶之花”意义上的现代性的诗歌意象。马蜂：当我们看见这个词，读出这个词，它腹部的毒液似已沾染我们的舌尖，进而漫漶全部中枢神经；它微颤双翅，我们便能嗅到危险、威胁和不祥的消息。马蜂：这两个字，就像它那对睥睨一切的复眼，逼视着我们，令人正襟危坐、汗毛耸立、倦怠消弭，犹如穿越野兽伏没的夜之森林。

“帝国二千年，马蜂万万千。”（《“马蜂窝”宣言》）关于历史走向、王朝更替、权力结构和物象变换，诗人黄纪云发明了个人化的隐喻式叙述：一只轮转千年的马蜂，拥有“死不了的心脏”——“马蜂窝”。诗歌中的核心意象往往投射着诗人的思想地图和基本见解，同时，对世界的基本思想往往关乎个人的经验、记忆和精神秘密。本文尝试通过分析频繁出现在黄纪云诗中的“马蜂”这一意象，分析诗人对历史、时间、记忆和现代性经验的思索、见解，以及创造性表达。

“不幸的源头仍然隐藏在奥秘中”

史前二万年。盘古开天。混沌中，
首先飞来喜鹊、乌鸦、蝴蝶、马蜂。马蜂细腰，
深得盘古之“好”。将它藏于“盘古大殿”。
诏告天下：数起于一，立于三，
成于五，盛于七，处于九……
从此，马蜂走运，子孙满堂，延绵不绝。

——《“马蜂窝”宣言》

在我们的神话体系中，作为中国最古老的神，

盘古“开天”，乃有“世界”之始，亦构成了“历史”和历史叙事的开端。此后神话传说中伟业种种，莫过“盘古开天”之举。细究起来，对盘古这一神话形象的创造，或暗含着历史叙事的一个常见动机，即对开端和原点的寻求，以及对伟大人物和荣耀事件的强烈关注。这背后，是人们对伟大的渴慕，对功业的颂扬，对声名的追捧，对神秘的迷恋，以及对根源难以遏制的追寻本能。由此，历史叙述常常伴随着一种“诗化的”危险和冲动：神话开端、美化过去、纯洁化历史人物，以及过度渲染事件的独特性。也是在此意义上，阿伦特论及古希腊文明和神话时意味深长地说：“诗人与历史学家在一边，哲学家们在另一边。”① 另一位哲学家巴什拉也提醒我们：“客观的思想远不是进行赞叹，而应当讥讽。”②

黄纪云的诗歌就为我们提供了一种“反诗”的、充满讽喻气质的历史叙事路径：借助“楚王好细腰”和“金屋藏娇”等典故，《“马蜂窝”宣言》为历史编织了一个黑色而魔幻的开端：“马蜂”以

---

① 汉娜·阿伦特：《过于与未来之间》，王寅丽、张立立译，译林出版社 2011 年版，第 44 页。

② 加斯东·巴什拉：《火的精神分析》，杜小真、顾嘉琛译，岳麓书社 2005 年版，第 7 页。

迎合最初的王（盘古）的审美欲望（“细腰”）为代价，换得了生存权和繁衍权，维持了种族的连续性并将其发展壮大：“从此，马蜂走运，子孙满堂，延绵不绝”。

然而，从严格意义说，专制和邀宠并不属于“政治范畴”，而毋宁说是权力的操控术。因此，“盘古开天”，同时开启了权力的笼子和“通向奴役之路”的潘多拉魔盒，肇始了主—奴权力模式——而非政治结构——的雏形。可以说，这一历史开端与“政治”无关，而只喧嚣于宫斗戏版本的驭人之术和权力之争，止步于威权和欲望野蛮生长的“自然状态”。这或许是《“马蜂窝”宣言》最深刻的黑色幽默之处：在“历史”的开端，既没有纯洁、宽仁的王，也没有伟大、荣耀的事件，甚至没有无辜的受害者。能够在“历史”和关于历史的叙事中占据一席之地并留下声名的，不是身具强力的王，就是主动邀宠、自我去势、自我阉割主体性和独立意识的奴隶。“开端是一场罪行，”就像阿伦特的论断，“‘自然状态’一词不过是对它进行理论净化的一种释义。”① 以戏剧性的荒唐行

① 汉娜·阿伦特：《论革命》，陈周旺译，译林出版社2011年版，第9页。

径——对细腰马蜂的专宠——盘古抵达了历史最平庸的世俗和最真切的腐朽，也将成功代言此后的历代帝王。

在此主—奴权力模式中，平等缺位，自由更无从论及。然而，诡异之处恰恰在于，马蜂是在一种看似自然、自愿，以及不无自由地前提下选择了身体化的谄媚方式，进而战胜了“喜鹊、乌鸦、蝴蝶”等，跃升为盘古唯一的宠臣，从此前程似锦，一片光明，几至除盘古之外的最大胜利者。这份荒谬，与以赛亚·伯林所批评的卢梭关于自由的著名观念如出一辙：“这是一个用心险恶的悖论。”伯林针对这位“整个现代思想史上……自由最险恶和最可怕的敌人”的批评透着隐隐的心有余悸，“根据这个悖论，一个人在失去了他的政治自由和经济自由的同时，却在一个更高级的、更深刻的、更加理性的、更加自然的意义上获得了解放，对此，只有独裁者或国家，只有议会，只有最高的权威才能认识到，这样一来，最不受约束的自由与最严苛和最有奴役性的权威发生了重合。”①

雅各布·布克哈特曾在一种不无积极的意义上

---

① 以赛亚·伯林：《自由及其背叛》，赵国新译，译林出版社2011年版，第46页。

将开端喻为纯粹和无变调的“基础和弦”，其后则是“在其基础上的无休止变调”。[①] 黄纪云笔下的开端同样拥有一个纯粹的基调：关于对权力的邀宠和谄媚，以及主体性的缺失。马蜂对盘古的谄媚之举，构成了赤裸裸的也是最初的权力崇拜样板。此后的历史，则构成了无休止的往复回旋：

> 不幸的源头
> 仍然隐藏在奥秘中。
> 与其站在海岸长城看天地交媾，
> 不如以身体为殿，装神弄鬼。
> 夜篝火，狐鸣呼曰：
> 王者（亡者？往者？）归来。
> 哦听不明白的总因听明白的而受难。
> 众声喧哗——
> 为他加冕！为他加冕！
> （皇冠曾经被窃，后失而复得。）
>
> ——《受难地》

在这首诗中——精确地说是在这两句中：“不幸的源头/仍然隐藏在奥秘中。”——黄纪云流露出

---

① 转引自汉娜·阿伦特：《过于与未来之间》，王寅丽、张立立译，译林出版社2011年版，第14页。

了一丝悲怆和哀伤。而在大多时候，诗人的观察和审思都显得异常冷峻和平静，我们甚至偶尔能听到他戏谑的冷笑。“历史”的开端既然与伟大无关，与荣耀无缘，那么，“革命”的源头——“大泽乡起义”——能否幸免于一场精神“受难”并叩开政治领域虚掩的门扉？

事实上，“农民起义”迟至中国当代语境才被注入了正面的、积极的甚至是“伟大”的内涵。“但在民国时期，通史中却很少有关于所谓‘农民起义’的内容，在提及时多有贬义。如钱穆之《国史大纲》称王仙芝、黄巢为‘流寇’，称白莲教、拜上帝教为‘邪教’；吕思勉之《白话本国史》说陈胜、吴广‘造起反了’、‘濮州人王仙芝起兵作乱’。我国台湾当代学者傅乐成则使用较为中性的‘民变’来称呼‘农民起义’。”① 众所周知，这种观念转向与政治生态环境有着莫大干系。新的内涵与卢梭提出的“随着暴君的出现，人类的不平等状态发展到了顶点。人们将通过暴力革命推翻暴君，从而迎来新的平等”的观点有所关联，与马克思的著名言论“暴力是每一个孕育着新社会的

① 杨津涛：《中国古代不存在“农民起义”》，http://view.news.qq.com/original/intouchtoday/h0249b.html.

旧社会的助产婆”更有着直接的也是关键性的承续关系。受上述观念影响，“农民起义”在中国当代语境中通常被解读为农民通过武力推翻失德的、残暴的旧统治，建立正义的、合乎道德的新制度、新社会的伟大行动。然而，令人遗憾的是，中国的“农民起义”同样拥有一个不甚光明和纯洁的开端：“夜篝火，狐鸣呼曰：‘大楚兴，陈胜王。’”(《史记·陈涉世家》）一场肇始于装神弄鬼的“起义”，最终不仅未能问鼎“伟大”和“荣耀”，也毫无悬念无力培育一个有别于他们“揭竿而起”所反抗的权力结构。被“加冕”的起事者仅短暂享受了数月“王”的滋味便死于非命（陈胜最终死于车夫之手，吴广则更早地被部下所杀）。此后，“皇冠”几经辗转易手，最后落手新的起义者。再而后，新的王又为新的起义者所替代。如此沿“王—亡—王”的路线循环两千年，变化的是“盘古”的姓氏，不变的是马蜂对盘古“为他加冕！为他加冕！”的需求和吁请。

一只马蜂算什么。一群马蜂算什么。

帝国二千年，马蜂万万千。

可怕的不是六边形的“马蜂窝”不长在杨树李树

松树或别的什么树上，而是长在大泽乡竹竿上。

——《“马蜂窝”宣言》

大泽乡的竹竿捅掉了秦的“马蜂窝”，又招来了万万千只马蜂。马蜂腹部的毒液浇灌了大泽乡的土地，也奠定了此后两千年数十次暴力“革命”的同一基调和套路：以暴易暴，恶性循环。历两千年，帝国仍是帝国，无名的、面目模糊的马蜂依然觊觎着蜂窝的心脏，也依旧没有蜕变成蝴蝶或青雀。通过暴力达至的权力更替，则一次次衍变为循环往复、轮流坐庄、“亡者归来”的游戏：

什么“亡者归来”，“搬师

回巢”。“马蜂窝”怎么会惧怕马蜂似的 F16？

——《“马蜂窝”宣言》

即使马蜂升级装备，化身 F－16（F－16 战斗机是马蜂的仿生；二者又可互为隐喻），“马蜂窝”仍然春秋稳坐，且“高举着。雄视着。风刮不落。雷劈不掉。/且越来越‘土豪’。因为马蜂不能没有‘马蜂窝’。”这也是“革命”“仍然隐藏在奥秘中”的失败之因：为奴之时，马蜂既不乏谄媚之心，其“革命”之举也并非出于对“马蜂窝”的质疑，而不啻于后者对其靠近的拒绝，即鲁迅所言的“欲做奴隶而不得”。如黄巢、洪秀全之辈因屡次落地而萌生造反之心，通过“革命”加冕权力之后，往往成为新的甚至更残暴的王者。权力更替遂一次次演变为蜂王浩浩荡荡的“搬师回巢”。就像专制和邀宠从来处在政治范畴之外，“战争和革命”也都“发生在政治领域之外，即便它们在有记录的历史中举足轻重也是枉然。”①

于历史解释学和个人化的历史叙述中，引入“马蜂”作为“群众”的一个隐喻，精妙之处不仅在于“群众”这一形象与马蜂的生物学特性的类似，二者还在精神分析层面具有惊人的相似性和可同构关系：他们面目模糊，多缺乏主体性和独立意识；容易受冲动支配，在刺激因素的作用下发动群体性攻击；同时，作为匿名的群体，他们都渴望一个“蜂王”（即使是“疯王”也未尝不可）的“伟大领导”和统治。他们隐藏在集体性的生活和行动中，或群体性沉默，或群体性举事、群体性发声，

---

① 汉娜·阿伦特：《论革命》，陈周旺译，译林出版社 2011 年版，第 8 页。

然后群体性地湮没于年轮翻滚深处……如此性情，亦可借用社会学家古斯塔夫·勒庞的精神分析：冲动、易变、急躁；轻信和易被暗示；情感的夸张与单纯；独裁、专横和保守；如有名誉、荣耀和爱国主义做旗号，也能无惧献身和牺牲自我……[①]囿于自身贫乏的生活经验、智识能力和精神高度，群众的见解常常局限为嗡嗡作响的集体意见，远不能上升为见识，更毋论理性的观念和明澈的真理。那些看似超越了“群众”的身份而在历史上留下显赫威名的“大人物”——如刘邦、朱元璋者，在严格的意义上，也不过是善玩权术、善纵人心、善控群众的阴谋家而已。纵然身居王位，其被锦衣玉食喂饱的头脑仍旧不能离析出一点更富有价值的政治理念。他们终生所图所愿，不过是如何将那顶终会失去的“皇冠”戴得更久长一点。

运用出色的讽喻技巧和黑色幽默精神，黄纪云的诗歌抵达了“革命”和权力幽暗的本源：“革命”（revolution）在词源学上原指天体有规律的、循环往复的轮回运动。最初被引申为政治学术语时，“革命”所指也是“复辟”，而非此后的“革

① 参见勒庞：《乌合之众》，波洛译，中国华侨出版社2013年版，第14－35页。

命者”所津津乐道并将其发扬光大的其他内涵。[①]可以说，于教科书和宣传活动中为“革命”赋予进步的、开创性的积极意义，就如赋予“群众”以“真理”的代言人一样缺乏语言学根据和事实支撑。因为，在世界的大部分地区，以及多数情况下，“政治变动以及随之而来的暴力……不会带来什么全新的东西。变动没有打断被现代称之为历史的那个进程，它根本就不是一个新开端的起点，倒像是退回到历史循环的另一个阶段……”[②]

以巴什拉所要求的“客观的思想”和冷峻的讽刺（蜂刺），诗人创造了一只历史的马蜂，并通过追踪、再现其千年不改的回巢路径，拆解并刺破了关于源头和进步的神话和幻觉，分析并还原了权力、革命、暴力以及群众的结构形态和精神真相：马蜂的循环路线有多么顽固、愚笨、滑稽、可笑，我们的历史和权力模式距离“伟大”和“荣耀”就有多么遥远。寓言化和漫画性的叙写方式，戏谑的黑色幽默精神，使得诗人的“蜂刺”既与传统修辞学意义的“刺”构成了隐秘的互换，又呈现

① 参见汉娜·阿伦特：《论革命》，陈周旺译，译林出版社2011年版，第32页。

② 汉娜·阿伦特：《论革命》，陈周旺译，译林出版社2011年版，第10－11页。

出疏离的张力。

“我的心——一块墓地似的乌云”

约恩·吕森曾说：“历史不仅仅是过去，而且是过去与另一个时间领域的关系，原则上是与现在的关系（尽管这种关系经常是间接的）。”[①] 如果“历史”遗留的问题未得到合理对待和辨析，势必会在未来的天空投下深长的阴影。作为后果，今日的诗人将不排除遭遇下述情形：乘坐波音－747 跨越太平洋时，蓦然发现窗外停驻着一只秦朝的马蜂……

> 你的黑暗是脑子的黑暗。
> 尽管你的眼睛如江上的渔火
> 在无法穿透
> 的夜幕下，直盯着自己。
>
> ——《江畔吟》

从历史到当下，诗人转换了观察和叙述的视角，从局外旁观转为近距离的自我审视和描述：在

---

① 约恩·吕森：《历史思考的新途径》，綦甲福、来炯译，上海人民出版社 2005 年版，第 47 页。

《江畔吟》中，第二人称“你”的使用意味着自我对话的进行，是自我审视路径之一种。“我”的自审与自陈，是遥远历史和抽象时间的具体化、聚焦化、微观化以及可感化。于其中，“马蜂”的踪迹看似消遁，实则转换为更隐蔽的方式显形。

首先，诗人的“蜂刺”一贯始终：如果“你的黑暗是脑子的黑暗”，那么，再明亮的渔火也无法穿透夜幕而抵达自身。如果历史的黑暗依然仍蜷缩于阴潮的洞穴中，未获理念之阳的晾晒而兀自霉烂，时间即便来到今天的江畔，也依然不免陷入失效的原地打圈：

> ……时间
> 从来证明不了什么。
> 至于“天之四时，王之四政”，
> 如果把时间流光了，
> 不也就同你一样，成了脱皮的蛇？
>
> ——《江畔吟》

如约恩·吕森所言，时间可以“通过叙述”获得“蕴含意义的主观性特征”。从广义上讲，“历史的”指的恰恰是“由时间向意义的精神转变”。这也是历史研究的要义之一：通过对偶然性、独特性的事件加以认识和解释，寻求随机事件之间的有机性、稳定性和规律性联系，进而从流逝的时间里提取意义和教诲。一方面，“人们为了能够在其中生存，在文化上需要这种主观性特征。”① 对意义和规律的寻求能够为人们提供一种安全感：对过去的可认识，对现在的可把握，对未来的可预测，总之，通过对世界可靠性的指认慰藉自己孤独无告的魂灵。同时，人们期冀动用自己的观察、理解、记忆和学习能力，认识世界并在某种程度上改变世界，使其脱离权力和精神的蛮荒时代，进入井然有序的“政治领域”。如果意义生成路径被阻断，“时间/从来证明不了什么”，不仅会带来“异代同调”的畸形景观，即马蜂历二千年不改路线的“搬师回巢”，同时也将导致人们陷入身心无当的焦虑、分裂和虚无感——如果“你”不满足蜷缩于一座灵魂的墓地：

> 不过，别忘了，
> 我是行尸走肉，并不需要清凉的空气。
> 我正向着

① 约恩·吕森：《历史思考的新途径》，綦甲福、来炯译，上海人民出版社2005年版，第45页。

我的心——一块墓地似的乌云

飞行。

——《江畔吟》

陷入宿命似的永久循环和原地打转是规律的僵死化，是秩序的木乃伊。而“我”，终将被无可选择地裹挟进这个如行星运行一样稳定的轨道。这也是历史的马蜂在现代性社会的第一种显现方式：某种看不见摸不着的“第 22 条军规”在关键时刻总能借尸还魂并发挥操控性的力量。盘古的马蜂和秦朝的马蜂，以持续不断的嗡嗡声密布成一张难以破除的噪音之网。这些历史的阴魂盘亘在我们头顶，难以捕猎，也驱之不散。纵你“飞行”，仍不过投入“一块墓地似的乌云”。

引人注意的是，如此“反诗”和充满讽喻的诗句，聚集在一个古典的、诗意的标题之下：《江畔吟》。这种处理在某种程度上形成了难以弥合的词与物的分裂。作为古代诗歌的一种形式，“吟”曾出现于无数古诗词标题中。从《白头吟》到《游子吟》，再到《石灰吟》等，古之“吟”者，或悲哀愤慨之长叹，或抑扬顿挫之咏诵。这首同样以“吟”为题的诗歌却自始至终充斥着虚无主义的倾颓和理念的自嘲：从“你的黑暗是脑子的黑暗”，到“我的心——一块墓地似的乌云”，诗人以反抒情的自我否定冷嘲自己的无能为力，同时接受了历史的荒谬并将其进一步彻底荒谬化：“我是行尸走肉，并不需要清凉的空气。”这种不抗争、非批判的姿态和叙述方式，颇具后现代特性。我们发现，在反省和描述自身时，诗人连“不幸的源头/仍然隐藏在奥秘中”之类的悲叹都谢绝了，转而以“轻描淡写”虚饰自身因丧失主体性尊严和希望所引发的屈辱、无着和不适。其言辞之冷决，情感态度之错置，“竟令人产生某种莫名的新鲜与快意”（《母亲》）。

> 进入蜂窝式摇晃。不紧张。
> “总开关”始终抓在真理的手里。
> 空气流动
> 也不成问题，只要汇率稳定。
>
> ——《江畔吟》

因为“‘总开关’始终抓在真理的手里”，一切问题看上去都能找到解决的方法或转嫁的路径。譬如以“国库充盈”迎合“民以食为天”这一“历史真理”：

民以食为天。只要国库充盈
哪怕剥下大地的皮，缝制新装
给大总统穿上，也不是不可以

——《辛亥 10 月 10 日夜》

齐格蒙特·鲍曼曾分析说："独裁使得资源集中于手中的任务，因此使得任务具有可行性，难题具有可解性。"因为"民以食为天"，其他事物对"民"即群众来说便可居于次重要位置，甚至缺失也可以忍受。"只要汇率稳定""只要国库充盈"……这些表让步的状语从句表明，针对"马蜂"的屡屡回巢，以及"政治生活"阙如的赤裸状态，"总开关"缝制了经济的"新装"以遮羞。此类后援也确实表现出了强劲的力量。如同"空气流动"是"清凉的空气"的疑似替补，"蜂窝式摇晃"之类的问题被成功解决和消化。

什么阴阳昏晓。用安全带将目的地
绑定在后座上最重要。
……

管它德国匈牙利，三七二十一，
坐中国制造的高铁到拉斯维加斯玩老虎机

看“o”上空秀就他妈的牛逼。
就像老子骑青牛出函谷关——道行天下。
——《暮色如画》

不过，鲍曼同时告诫我们，“由于解决问题乃是体现权力的随机应变性的一个功能，因此可解与已解难题的等级随着独裁等级的上升而上升。难题越来越大。后果也越来越严重。”① 汇率稳定、国库充盈，乃至高铁输出，如此之类的经济提升如果不能与政治结构的改善、理念的进步等处于均衡发展、彼此平衡的状态，所谓的“现代性”将更多表现为碎片化、混乱、矛盾和分裂状态：

唯樵夫渔子，伴你歌唱，落泪。伴你
走出乱石、荆丛，猿啼、鸟鸣，沧海与桑田
城市化等你，城镇化等你。沙尘暴
禽流感、地震、海啸、雾霾，也等着你
——《人间喜剧》

南斯拉夫诗人米诺斯拉夫·克尔莱札曾将20

---

① 齐格蒙特·鲍曼：《现代性与矛盾性》，邵迎生译，商务印书馆2013年版，第1页。

世纪比做“一个驾驶飞机的猿猴”。在《人间喜剧》中，众多彼此矛盾甚至不乏对立的事物和名词并列，如碎片和碎片共置形成的视觉万花筒：“樵夫渔子”与“城市化”和“城镇化”并存，“乱石荆丛”被“沙尘暴”席卷，“禽流感”等待猿、鸟，“沧海与桑田”迎来海啸和地震……此类“情景错置”（re－contextualization）亦构成了一个“过渡时代”充满矛盾性的精神隐喻。在我们这个过渡时代，“情景错置”、语言无序、命名失效等语言学问题，根源于更深层的历史矛盾和结构混乱：历史问题远未解决，新的灾难已然到来；古典秩序已然崩溃，新的秩序远未建立……现代生活和现代性话语毫无悬念地导向驳杂、混沌和迷乱的时间魔方和空间拼图，以及混杂着现代性经验和前现代经验的矛盾和无序感：

> 在太平洋西岸的一个海湾，海狮尖叫。鸥鸟乱飞。
>
> 远处波浪间快艇游弋。白帆点点。
>
> 我正在默默地和这大洋套近乎
>
> ——我的家乡就在它东边的西门岛。
>
> 想起小时候，踩着船头刻着“下海为革

命”的

小泥船在油黑发亮的滩涂上疾奔，泪水就溢出我的眼眶。

突然，后脖子粘乎乎的

——鸥鸟的一泡屎落在上面。

——《我在这里》

在空间转换变得迅捷而随意的现代社会，时间常常沦为日历和候机厅电子钟上的一个数字提示和物理陪衬。然而，若秦朝的马蜂依旧盘亘于我们头顶，我们就难以避免在某些时刻被强行切断行程并回头细细瞻仰时间这个掉队老妪的衰老面容：“太平洋西岸的一个海湾”里停靠着一只“刻着‘下海为革命’的小泥船”；“我正在默默地和这大洋套近乎”——如一个民营企业家（这也是黄纪云的另一个身份）正在市场上与资本眉目传情，“鸥鸟的一泡屎”便让情境退回到前工业时代……这是历史的马蜂的又一种还魂方式：诗人正愉悦享受着现代性的生活方式，沉浸于空间移动的随意和迅捷（几小时内从太平洋东岸飞至西岸），若干年前的那只小泥船——作为时间停滞、历史回返的一个象征——突然不经预约地闪回。这种空间与时间的矛盾、现代与前现代的交错、资本市场与“自然状态”的不定时轮转，如同波音747和秦朝马蜂的蒙太奇并置，构成了一个过渡时代的精神病症。

在空间的现代性转换和时间的前现代停滞的矛盾中，在诗歌向上的、轻盈的“飞行”姿态和代表死亡的阴森“墓地”的并置中，黄纪云窥察到历史和现代社会在政治结构和权力操作、理念和现实层面的严重失衡和失调，以及由此呈现出的混杂、无序、矛盾、错置等乱象。“一边夕光如瀑布。一边铁幕似的黑。”（《暮色如画》）这种分裂和矛盾性的共处，亦可用来概括黄纪云自己的诗歌：一边闪烁着黑色幽默的“夕光”，一边是“铁幕似”的晦暗和沉重。这是一份“废墟的快照”，一份关于过渡时代的精准报告。

奥尔罕·帕慕克曾将政治看作“被迫接受的不幸事故”。南斯拉夫作家丹尼洛·契斯也表达过极其相似的观点：“政治是我们的不幸。”当他“写些与政治无关的东西时”，他觉得自己“在空泛的问题上浪费时间。”其精神分裂还不止于此——“当我写了任何我能写的政治问题时，我又会觉得自己背叛了某些生活中除政治之外的重要现实。”①

① 丹尼洛·契斯：《反讽的抒情》，载《地下——东欧萨米亚特随笔》，吕方晨、景凯旋译，花城出版社2010年版，第64页。

这或许也是黄纪云的诗歌一直关注历史的“马蜂”并以某种后现代的方式呈现它的原因。在这个时代，一个诗人或作家如果仅仅关注太平洋西岸的“白帆点点”或江南深处的“猿啼鸟鸣”，既难幸免“仿佛背叛了更为重要的东西”的焦虑和不适感，同时也无法解释那块“墓地似的乌云”和“小泥船”的复现。这确实令人沮丧：只要“马蜂”没有终结对“马蜂窝”的迷恋，情景错置的混乱境况和选择的纠结感，会一直构成诗人和写作无法拒绝的“不幸事故”。

“自我的诗歌”与“精神的诗歌”

——读陈东东

上世纪 80 年代以来，中国的“现代诗”一直在语言/魔幻和现实/道德两极之间摆动。前者的理想是，通过撤销主体的先见意识对语言自身力量的漠视和利用而回到“伟大的语言”本身，同时将自身从历史、道德、意义的重负中解放出来；现实/道德的一极则要求诗人不脱离自己的历史、时代、自然和政治经验，并通过语言将自我的经验普遍化，将不可言说之物可理解化。我们可以看到，当两者出现对峙的时刻，“语言/魔幻”的一极往往被作为“先锋诗”之“先锋”的标志；对“现实/道德”的执着则容易被视为保守的过时行为。

陈东东对语言的关注是敏锐的，早在上世纪 80 年代初，“语言”就像“灯”一样闪烁在他的写作理想中了：“华灯会突然燃上所有枝头/照耀你的和我的语言”（《语言》，1983）；“我想他们会向我围拢/会来看我灯一样的语言”（《点灯》，1985）。

这种“先锋”姿态一方面来自阅读的教导：在写诗之前，他无意间读到了埃利蒂斯的长诗《俊杰》：“姑娘们如卵石般美丽，赤裸而润滑，/一点乌黑在她们大腿窝内呈现，/而那丰盈放纵的一大片/在肩胛两旁蔓延。”这些陌生而异己的词语和节奏，为陈东东凸现了“一群壮丽的诗歌女神”，令他“下决心去做诗人!”（陈东东：《游侠传奇》）于是，在早期的诗篇中，我们能多次读到陈东东对这位希腊诗人饱含崇敬的回应：“街角的姑娘面容姣好/汽车像鸟，低低飞过了她们身边/……/黑礁石灿烂/诗集被风吹成了火把”（《从十一中学到南京路，想起一个希腊诗人》，1984）。

对语言“纯洁性”和“先锋性”的渴望，同时始于年轻诗人对“集体和极权性质的众口一辞”的厌恶和抵御。“军舰鸟”和“灰知更鸟”，飞越了爱琴海，停泊在80年代的上海，吸引并深深影响了饱受“丑陋荒谬的‘文革’暴力词语和政治抒情诗风”折磨，而对另一种语言抱持极大新奇和热望的青年读者（《见山：陈东东与Fiona Sze-Lorrain的对话》）。置于当时的社会语境和话语惯性，语言的反叛本身已能构成一种伦理行为和道德承诺：“我爱的是土地是它尽头的那片村庄/我等着某个女人她会走来明眸皓齿到我身边/我爱的是她的姿态西风落雁/巨大的冰川她的那颗蓝色心脏”（《诗篇》，1981），“我的眼里，我的指缝间/食盐正闪闪发亮/而脑海尽头有一帆记忆/这时镶着绿边/顶风逆行于走廊幽处。”（《语言》，1983）

这些诗句，纯净，安宁，镶着纯诗的“绿边”，闪耀着爱琴海的蓝色光泽。仿佛来自想象域无名的彼岸，它们摆脱了现实和生存的必然性束缚。虚构的修辞方式掩饰了话语的主体特性或主体感性，超现实，不及物，纯粹而又灿烂恣意，一如80年代的年青诗人对文学、社会、政治、生活的憧憬。

从诗人今天保留的篇目来看，“朦胧诗”式的观念性、理念性的主体意识似乎也未对陈东东产生明显的影响，写作伊始，他便将“言志抒情”的抒写主体直接减缩至纯粹修辞性的“我”：“我能看见风的躯体/枝桠下的群狼/坚硬的陶罐在我手边/一只铁鸟/被月下的射手从土星击落”（《避居》，1981）；“雨中的马也注定要奔出我的记忆/像乐器在手/像木芙蓉开放在温馨的夜晚/走廊尽头/我稳坐有如雨下了一天”（《雨中的马》，1985）。显而易见的是，诗中所描述的“看见”属于根本不可见的事物，属于非经验的世界，缘于这种“看见”的修辞虚构性——“风的躯体”“枝桠下的群狼”“一只铁鸟被月下的射手从土星击落”——“我”成为一种修辞性的存在，主体性隶属于一种修辞功能或话语功能，而非经验、在场、感受，目睹“所见”世界的饱含主体感性的描述。

这些写于上世纪 80 年代的诗歌，善于将丰富的诗歌知识、优雅的音乐感与青春期的抒情气质结合起来。从根本上说，这类诗歌既不诉诸经验世界亦不诉诸理性的光照，并不观看周围的世界、经验、感知和真实“所见”，也略过了与之相随的社会历史观念、理念和意义，将雅克布逊式的“语言的突出”、罗兰·巴特式的语言的欣悦和结构主义的文本的自足性作为写作的诗学功能或诗学效果。对事物的“感知”与描述，并不依赖诗人的“所见”或“亲见亲闻”，也不关涉社会、历史、政治方面的具体经验，而多借助于对充满诗性和美学内涵的文学典故、传记和传说及其诗学传统（保尔·艾吕亚、张骞、一百单八将、终南山、郢都、蒲宁、杜甫、李贺……）的修辞学转化。也就是说，在此意义上，诗歌写作是由诗人的“所知”而非由“所见”构成的，文本由此呈现为非现实、无意识、梦幻、神秘、怀旧、唯美、柔和的气质。

在一定程度上，陈东东的这种写作路径折射了或提前预告了上世纪 80 年代以来中国现代诗歌的发展轨迹：“朦胧诗”之后，来自“影响的焦虑”、自身定位的急切、对“先锋”的追逐、占据未来时间的野心等等原因，伴随着形式主义、语言哲学、结构主义等学说的传入，使 80 年代中后期的诗人在语言/魔幻和现实/道德的两极中更为倾心前者。“语言本体论”一时成为盛行的神话：语言不应仅仅是一种表达观念、承担意义的手段和媒介；对“意义”和“思想”的言说不再是写作的正当性目标，修辞活动以及写作所构成的文本自身才是语言活动的指归；真正的诗歌就是语言内部和形式自身的言说——从“诗乃语言创作，仅此而已”（让·罗耶尔语）至“诗到语言为止”，只改动了几个不重要的词而已。从主体性的角度来说，当语言的超现实和魔幻化替代了对现实的具体指涉，诗人的主体性或被悬置，或退隐于语言的背后，“意义”赖于语言的律动和增殖，“修辞”成为文本和现实/道德之间架设的“桥梁”——如果一首诗还关涉现实并存在道德诉求的话。

对当代诗歌写作做一个简短的回顾的话，可以发现，对语言和形式“先锋性”的追求在20世纪90年代之后仍是诗歌界（也是文学界）一股不小的潮流。问题在于，语言的“纯洁”和“先锋”在80年代如若还能天然成为一种道德探险或不无想象性的伦理承担，1989年之后，继续将“意义”和“思想”托付于语言的演奏或语言的狂欢，已难以规避经验世界被语言覆盖、社会历史语境被一种语言享乐主义所篡写的危险。对于十年前刚刚开始写作的诗人来说，80年代末社会断裂式的巨变让他们亲眼目睹了自己的青春理想如何被巨大历史事件的尘埃所湮灭——包括“语言是存在的家”“语言说话而非诗人言说”诸如此类的“语言本体论”的“神话”理应作为这次失败的殉葬。——诗人或许面对着一次真实意义上的语言学转向，寻找或锻造出另一种语言，一种可描述自身切实经验，可体现自己生命的某种东西，理想情况下还能帮助诗人明晰自身社会历史处境、发掘社会历史意识深度的语言。这意味着需要锻造出一种偏离诗歌固有的“所知”、寻找“所见”的语言，意味着诗歌写作必须重新为自身发明出社会历史“可见性”的语言，一种从诗歌自我传统的沉醉中逃逸并恢复话语与社会历史语境深度关联的语言。从这个角度来看，1989 年之后的中国学界对“语言本体论”的钟情或有着更为复杂的心理因素和社会因素。语言本体论的继续流布趋势意味着一种相反方向的逃逸。稍显悲观地猜想，上述流向或出于“避居”式的、明哲保身的生活策略，或不自觉地堕入一种艺术匠人式的自欺，前者导致写作失去思想力量和感知的有效性而苍白无力，后者则使写作沦为华丽、精巧而乏味的词藻堆砌游戏，“有如语言蜕化为诗行，慨然献出了/意义的头颅。”（陈东东：《眉间尺》，2001）不难发现，最早进入纯诗写作的陈东东此刻已对“语言蜕化为诗行”这一行为的意义提出了自我质疑。

在语言不及物、主体性的隐退直至文本的欢乐这一现代颇为形式主义的纯诗传统中，在当代中国诗歌遭遇同样的诘难之前，强调主体性与批评意识的马塞尔·雷蒙就已经挑破了“纯诗的新衣”。他在分析了包括马拉美在内的象征主义诗歌之后提醒人们注意，“绝对的纯诗只有在人世间以外的地方才可能想象。它只能是非存在。……对于诗来说，这种非存在的诱惑是十分可怕的危险”。只是马拉美的继承者在好多年后才得以明白“诗赢得天使般纯净的同时，失去的是人情味和效率”①。

“绝对的纯诗”在马拉美之后屡受追慕，其中不仅包含着诗人对语言纯洁性的向往、艺术形式感的精英主义的自许，或许也隐藏着一颗规避话语活动的社会历史语境的孱弱的心智。马塞尔·雷蒙批评19世纪末象征主义者的“典型态度”是“躲避于自我之中，将目光转向自身，为的是满足青春与消极完美的欲望，或者出于对生存的某种恐惧、厌倦、厌恶，在大多数情况下带着迎合自我的全部内在变化的几乎恋人般的欲望”。“对美的绝对崇拜与对文字的偏好已经对1885年的象征主义者造成损害——”马塞尔·雷蒙感叹道，“因为千真万确的是，诗歌更多的是从生活以及对生活而不是对语言的思考中获得滋养。”② 对于西方20世纪后半期以来相对平庸、稳定的社会历史语境来说，在符号学、结构主义与解构主义话语鼎盛之际，这一主体意识批评或许没有发生应有的诗学效果。

在90年代初，陈东东的纯诗写作发生了一种反向的语言转向，他开始有意涉及社会、政治、历

---

① 马塞尔·雷蒙：《从波德莱尔到超现实主义》，邓丽丹译，河南大学出版社2008年版，第20－21页

② 同上书，第43－44，92页。

史等方面“反诗”的或非文学的感性经验。这一时期，他与西川等诗人创办刊物《倾向》，倡导“知识分子写作”。伴随着主体意识的缓慢转变，火焰、情人、谎言、死亡等不谐和的意象密集地出现在他的笔下，讽喻的气质明显弱化了80年代形成的典雅与纯和：“一个重要的老人呻吟/惊动指甲鲜红的情人：抚慰/清洗、扪弄和注射”（《病中》，1990）；“北方，雪线后，一个朝廷正在复活/它甚至从来就不曾死去”（《讽刺的性质》，1992）。当“青春冷于胸间”（《小诗》，1990），80年代纯诗的蓝色和理想的“绿边”黯然消退，初夏的热情坠入深秋的腐坏，一种社会性的腐朽气息被一种主体感性的论述所折射：“西窗被风击落，众鸟倦于啼鸣/一个人独倚颓废的墙/在秋天，书籍泛黄暗藏玫瑰/死者的舌尖开放出记忆//红漆剥落/蛀木虫深入/一颗星初照残酒和灯/在秋天，邮差传递老年的谎言/一个人读一封过时的信”　（《在秋天》，1990）；红与黑成为此刻的主题色调，修辞的张力逐渐增强，意象大胆甚至刺目：“七月里妄想的火炬上升/七月里万众晴天里欢庆/一个被镰刀收割的情人/她走上大街，她宽大白衫下/两只赤奶子是否等待你/爱抚的大雨”（《七月》，1990）。或许此刻的诗人并没有完全告别语言的不及物用法，总体而言陈东东似乎依旧留恋着修辞的快感，只是在语言的欣悦感之中增加了主体的经验特性的腐朽气氛与谎言气息，语言的不及物之中悄然加剧了“能指的剩余”，一种讽喻性的情绪和喜剧性的主体感性回应着一个“复活的朝廷”。

今天读来，这些讽喻性的诗歌或许在技艺上显得还不够娴熟，主体感性之激烈、情绪化的理念之迫切，偶尔刺破了语言的负载，损坏了理性与感受力的平衡。然而重要的是，它们提供了诗人心态、观念和写作路径在某个时段的渐变——借用马塞尔·雷蒙评述马拉美时使用的概念——从“自我的诗歌”逐渐变成“精神的诗歌”，从文学的、浪漫的、个人幻想的话语，转变为携带公众经验的和普遍性精神意识的修辞活动。即便没有具体的主体称谓，“无人称”的文本却以一种精神品格即诗人拥有明晰的、确定的、在某个群体内具有普遍和一般性的主体意识，作为文本中的隐秘的签名；其文本也因这种“一般性”而成为一个“简洁明了现出了轮廓”的“数学函数”——其中的讽喻、愤懑、愁容、抑郁、低落，不仅是一个诗人在90年代初的主体性意识和个人肖像，同时也是一个智识群体忧郁的主体特性。

这一话语修辞方式的转变，并非意味着陈东东旨在使诗歌或语言成为传达社会思想的载体和工具。从语言的快感享用出发的诗人的写作生涯，他知道自身的首要职责并非理念的表白。况且一般而言中国当代诗人亦匮乏于一种历史认知上的指向。即如帕斯这一对整个现代性充满批评的激情的诗人，依然会赞同布勒东的观点，认为“诗不是一个形式问题，而是对于生活的一种道德立场”；他们也同时认为，诗歌所给予人的自由的出发点，“必须经由个人良心的解放并经由艺术的表达才能实现”①。“良心”与“艺术”，理念与技艺，“所知”与“所见”，构成了诗歌的修辞张力。

我的月亮荒凉而渺小
我的星期天堆满了书籍
我深陷在诸多不可能之中
并且我想到
时间和欲望的大海虚空
热烈的火焰难以持久

---

① 尼克·凯斯特：《帕斯》，徐立钱译，北京大学出版社 2013 年版，第 67、69 页。

这首写于1991年的《月亮》，开篇充满排列感的句式“我的……/我的……/我……”与写于1981年的《诗篇》何其相似啊！只不过在当年，年青的诗人说的是：

我爱的是女性和石榴在骆驼身边
我爱的是海和鱼群男人和狮子在芦苇身边
我爱的是白铁房舍芬芳四溢的各季鲜花

很明显，在一致性的句式风格中，两首诗的修辞已经有着重要的改写，1991年的“月亮”里依然充斥着“所知”而非“所见”，依然充斥着不可见的“时间和欲望的大海”之类的修辞，但这一修辞被组织进“我深陷在诸多不可能之中”的主体特性或主体感性之中。从1981到1991，诗人的主体性发生了断裂式的变化。十年前，诗人垂青于“女性”“石榴”“骆驼”“芦苇”“白铁房舍”这些文学性的、浪漫而唯美的事物——我们甚至可以判断，上述意象更多地来自阅读、想象而非现实经验，即来自于“所知”而非“所见”。虽然诗人有意赋予“我”一种独立性、个体性、主体性，然而它们基本上依赖于修辞的建树。而当修辞同时被作为写作的出发点和目的，诗人的主体性将不免模糊和游离：那些“石头”和“骆驼”，“狮子”和“鲜花”，是一个中国诗人的爱还是埃利蒂斯的爱？抑或是哪个来自书本上的诗人的意趣？

十年之后，诗人依然会写到“月亮”这个因负载浓厚文化沉淀而天然具有了文学性、古典性的意象，只是这次，诗人为我们展现了一个独特的主体：“我的星期天堆满了书籍/我深陷在诸多不可能之中。”这迥异于80年代中期“我稳坐有如雨下了一天”的气定神闲。诗人将目光从遥远的爱琴海收回到“失去了光泽的上海”——

闪耀的夜晚，我怎样把信札
传递给黎明
我深陷在失去了光泽的上海
在稀薄的爱情里
看见你一天天衰老的容颜

作为出生并成长的地方，上海一直被诗人暗自认为是“飞来中国的都市”、在80年代“堪称中国唯一的现代都市”（《游侠传奇》）。的确，这个城市曾经是资本主义自由贸易在遥远东方的一块飞地。在“现代”的“闪耀”失去光泽的时刻，那

"一天天衰老的"，又何止"你"的容颜？何尝不是诗人们青年时代的激情和理想？

诗人继续深入探索着修辞学的讽喻性，将日益清晰明亮的观念藏在"失去光泽的"、"一天天衰老的"、模糊晦暗的语言之"容颜"里。经由修辞上的讽喻性，陈东东越来越多的"所见"融进他的"所知"，强化了语言多义性和无意识的张力。对陈东东来说，当非诗的经验和理念融进诗歌时，并没有削弱文本的诗性和音乐感，失去光泽的现实也没有抵消语言的快感，"把诗篇抽象为音乐"(《午后的散步》，1995)，此刻和今后仍是陈东东的诗学理想。

从另一个角度说，将思想强劲的内在力量隐于语言的音乐感中，既是对主体性边界的拓展，也是对语言的深度激活。陈东东写得更好的，正是将良心、思想、理念，揉碎、消融进"艺术"、技艺的表达中的诗歌。写下《七月》一类的诗歌后，他似乎很快就意识到，对观念的强调、对"倾向"的践行，不能以舍弃文本的抒情性、音乐感为代价——何况它们是诗人非常擅长的技艺。由是，在《月亮》中，我们看到，"在奥斯维辛之后"诗人如何继续行走于语言的节律之上："不可能""虚空”“黎明”“爱情”……这些重音词汇跳跃着，影影绰绰，自由而有节制地踏在“eng”韵……汇成我们熟悉的陈东东的个人语调和声音。

《七月》之后，陈东东甚少直接抒写公共事件，就像前文论述过的，他善于将普遍情感隐藏于个人化的、多义性的语言之“容颜”里。写于近期的诗作《火车站（2014年4月2日·来自梁小曼的一个变奏）》，却罕见地处理了一场新闻性的公共事件。

陈东东习惯在诗作末尾标注年份，但极少标注具体日期，这次他却在《火车站》的副标题中标明“2014年4月2日”，似乎诗人有意点明该诗缘起于此前不久的一场有关火车站的事件。然而诗人在一开始又颠覆了这种具象化：

> 并非昨夜，是另一个日子
> 是更多的日子

“昨夜”是一个具体而清晰的时间，一个新闻事件般精确的时间，诗人却要把一场事件放置于一个模糊不明的时间（“另一个日子”）和广延的时间长度中（“更多的日子”）来描绘，这便赋予了该事件以晦暗性、一般性和普遍性。

偶然性迎来又告别了某人
负片里一件黑色皮衣
银盐浮现流逝的脸

“所见”被有意识地得到了强化式表达：“负片”即胶片，由于胶片上的颜色与实际的景物颜色正好是互补的，“负片里一件黑色皮衣”，以此或可推论“某人”衣着白色。这或为一种身份暗示？“银盐”是胶片的另一种说法，同时，“银”字携带的色彩感与前面紧邻的“黑色”形成了色彩冲突。“负片”和“银盐”，诗人为自己的“所见”设置了一张镜片：“某人”“黑色皮衣”“脸”……由远及近地浮现、晃动、流逝、模糊、不留痕迹……短暂、即时、充满偶然。同时，“黑色皮衣”和“流逝的脸”已经隐现出某种不安和焦灼的气息。

而昨夜
如此近；昨夜，无限远
混入呼吸的肌肤之亲
残肢和惊骇的油脂与血
火车站交叠着生死的叉道

“昨夜”如一副咒语，再次被念及，并一再被念及，时紧时慢。在物理时间上，“昨夜”是“如此近”，状若“肌肤之亲”。然而，后面的语调骤然转向，温暖的情色词语“呼吸”和“肌肤之亲”瞬间混溶于“残肢”“惊骇”“血”和“生死”的惨烈之中：“残肢和惊骇的油脂与血”。这番境遇是因为痛苦与伤害的历历在目犹如在“昨夜”？还是被埋藏在不愿被忆及的“无限远”或其他可能被重复经验的时刻？

在这里，诗人惯用的“所知”修辞完全让位于“所见”之物——火车站、昨夜、某人“流逝的脸”“油脂与血”，像交错的轨道一样相逢并交叠了，似乎充满偶然，却“有一位必然调度员”——

偶然性有一位必然调度员
在白热的异城间摆布命运
一列车送某人重归倒春寒
一列车却载来
沙暴蒙面的虐杀之利刃

无限远，如此近……
残肢和惊骇的油脂与血

混入呼吸的肌肤之亲

……而宵禁的火车站

并不能阻止那个人的返回

陈东东自写诗开始就十分注重对词语音色感的呈现。只是越往后，他对音色的处理越不露痕迹。同时，诗人的主体性被隐藏得更深。在近年的诗歌中，不再能见到《诗篇》《月亮》那种音乐般的节奏和韵律，更多的时候，诗人借用于词语本身所携带的气场、色调来形成诗句内在的音乐感，并暗示出某种主体意识。

在《火车站》中，诗人对气息的把握一方面体现在多组相对的词语和意象上：“昨夜”—“另一个日子”—“更多的日子”；“近”—“远”；“偶然”—“必然”；“白热”/“沙漠”—“倒春寒”/“沙暴蒙面”；“油脂与血”—“肌肤之亲”；“宵禁”—“返回”……一部分拥有相对温暖、坚定的音色，其他则陷于阴戾和冰冷。这些词交替出现，形成紧慢缓急的复调节奏。另一方面，在从头至尾稍显模糊、含混、复杂的描述中，诗人安置了几个明朗、必然性的断言以制衡无意识的膨胀，它们分别是第二节的“火车站交叠着生死的叉道”，

第三节的“偶然性有一位必然调度员”，以及该诗的最后一句“而宵禁的火车站/并不能阻止那个人的返回”。一切必然性都分散有致、不示声张，却似有所准备地蛰伏在关键之处，如数学般精准，给蔓延芜杂的含混情绪以必要的点明和控制。

整首诗歌从一个人回忆性的低语“并非昨夜，是另一个日子”开始，以“他”的返回结束。通过将笔触控制在一个具体的主体“所见”和“所知”之内，诗人有意从旁擦过而非直面一场新闻性的公共事件，从而避免了诗歌成为新闻式的报道和议论。然而，擦过这一事件，也令诗人的主体性意识得以某种程度的显露：

偶然性有一位必然调度员
在白热的异城间摆布命运

人们倾向于将一个事件理解为偶然性的，就像列车载来又送走的客人——包括那些“沙暴蒙面的虐杀之利刃”，似乎他们的出现充满偶然性和一次性。然而，就像车站的“必然调度员”，那些“流逝的脸”，以及“沙暴蒙面”的命运，又受制于哪位“调度员”的“摆布”？“流逝的脸”“残肢和惊骇”“油脂与血”，这些怵目惊心的“所见”或可见性直接揭示了一种具有社会伦理意味的主体性的在场，以及“所知”的缺席——只有罪恶发生了，罪犯（必然的调度员）却隐匿了。

与诗歌修辞中的过度的“所知”遮蔽了“所见”相反，对社会事态而言，重复着的“所见”遮蔽了“所知”。这一状况构成了当代社会的主体特性与主体感性的经验背景。《火车站》颠倒了诗人以往从诗歌修辞的“所知”出发的写作。从“所见”出发，最终寻求的是不为人所知的“所知”。换句话说，《火车站》揭示的不是一个新闻事件，不只是“所见”，而是所见之物中的不可见性，即认知与所知的缺席状况。对偶然事件的可见性的描述指向的是对不可见的“必然调度员”的指控。同时，为不损伤诗歌的自然诗性，诗人又不断地使用含混、暧昧的语言悬置着这一必然性问题。

可以说，一个文本正是一座火车站：语言和主体性在这里相互交叠，所见与所知在这里相互质疑，意识与无意识在这里相互混合。从上世纪 80 年代初的“爱琴海”气质，撤回到 90 年代“失去了光泽”的上海，到今天对充满偶然可见性又藏匿起“所知”的暴力事态的关注，陈东东在语言和主体性之间、在所知与所见之间探索着一种充满张力的平衡。这令他的写作既免于陷入语言和形式的拜物教，又不让自身受限于描述可见的现实。这是否意味着诗人长期保持的修辞张力的平衡会被暂时打破？会从他对诗歌修辞的“所知”更多地转向社会生活的“所见”？从快乐的“技艺”走向痛苦“良知”的表达？

情绪的启示

——阅读桑克诗歌

最微不足道的感性知觉也是一种“自然启示”。

——莫里斯·梅洛-庞蒂

“我不会隐瞒我的厌倦，/我的厌倦不会比别人更独特。”2011年1月1日，元旦这天，桑克写下这样的诗句。一种否定性情绪——厌倦——像新年问候一样朝我们迎面而来。这是一年的开始。桑克，这个诗人和媒体人，并不“比别人更独特”：

我和别人一样，穿着厚重的羽绒服，
戴着口罩，边咳嗽，边走在风雪之中。
或者待在家里，看着电视里的帝企鹅
一个挨一个地垂着头……

——《元旦》

这是生活场景的叙述，却也不止于叙述。在新闻报道似的记录和纪实背后，明显流动着诗人的情绪：“厚重的羽绒服”和“口罩”，这些遮蔽物同时裸露着气候的寒冷或空气的污浊，无论如何这都令人感觉沉重和厌烦。电视里垂头的帝企鹅也在呼应诗人的吁叹。

接着看这幅《晨景》：“起来，喝杯咖啡，/望望窗外的景色：阴的，/好歹有几多桃花开着，/还有即将凋落的连翘。”桑克笔下的意象，看似不动声色，却是诗人情绪的知情者。桑克习惯在诗的末尾标注写作时间，这让他的诗歌不仅仅构成一部情绪的传记，也是一部个人感知的“微历史”，一部情绪的编年史。

白天短，亮了
一会儿，就坠入了黑暗。
匆匆忙忙的行人，
似乎在躲投胎的鬼魂。

冰堆，雪堆，
犹如混乱的坟茔地。
照着几盏孤灯，
枯枝的皱皮努力反射着幽光。

——《冬日黄昏》

锅炉的灰烟，
漫漶建筑之间的界限。
山岚，远远近近的仙境，
高高低低的乙醚……

——《冬景》

这是两幅冬日之景。引人注意的是其中的隐喻：“投胎的鬼魂”“混乱的坟茔地”“高高低低的乙醚”……漫漶在这些字词间的，是灰黑色的冰冷场景和诗人抑郁的情绪：“锅炉的灰烟”笼罩下，一切显得低迷颓丧，陷入雾霾。

间或，作为外部世界的自然也可以充当一个安慰者出现在桑克的生活里。当然，这只是偶尔，不经意间看到尚未烙上脚迹的“晨雪”：

掀开窗帘，一地的雪。
白的，还没有烙上行旅的脚迹。
时间还早，晨光和鸟鸣
是刚刚当值。

清晨是一个初始的时刻，一个未被打扰的时刻。“还没有烙上行旅的脚迹”的晨雪是一种洁净的象征，是自由、自在、未被侵染的自然的象征。

“晨雪”在这里作为感知物出现在诗人的视野中，随后是“晨光和鸟鸣”。对清晨的感知带来了诗人的良好情绪或情感状况：温和、平静，甚至“微喜”：

暂时抛弃时事，抛弃
与伤心有关的灰黑色的东西。
高高兴兴的，淡淡的微喜的，
甚至容忍太平的粉饰。

不写，不读，不思。
绝情远志，一意孤行于
白茫茫的雪中。看着雪，
盯着雪，看出新的起伏。

——《晨雪》

“暂时抛弃时事”和“灰黑色的”，获得“微喜”……这些情绪都是通过清晨的感知物而呈现的。到了“甚至容忍太平的粉饰”和“绝情远志，一意孤行”的情状，作为“观念”的表述出现了。桑克将自己的观念溶解在一种瞬间的情态之中：“不写，不读，不思”——诗人暂时的放纵和特赦，观念的出现十分自然，毫无突兀。何况，是

“晨雪”——自然的古典性和完整性存在的瞬间象征——让诗人“不写，不读，不思”，就像古典时代的诗人那样退隐山林、身寄自然。另外，诗人将自己真实的，也是完全相悖的观念巧妙地隐藏在其中：他想表达的恰恰是——“太平粉饰”是不可容忍的，“抛弃时事”和“绝情远志”只能是暂时的。就现代诗的意义参照而言，诗人已经告别了古典的自然，进入了媒体与“时事”空间。古典时代的自然是自为自在的、未被“烙上脚迹”的，就像“晨雪”。但当下的自然已属于经济体系而非作为自然体系，在自然被作为“资源”利用和控制的今天，“自然”符号的原初涵义已被改写。诗人瞬间的“绝情远志”，就像孤立的晨雪，很快就会融为灰黑的雪泥。

在《晨雪》中，我们看到了诗人的感知、情绪、观念的相互转化。情绪源于现实感知，又培育着人的观念和意志。最后，观念又重新回到感知物及其情状的呈现：“看着雪，盯着雪，看出新的起伏。”这意味着，观念和意志也悄然影响着我们对事物的感知和情感。

梅洛－庞蒂曾言：最微不足道的感性知觉也是

一种“自然启示”。[①] 感性、感知、知觉，启示着诗人的社会理念和观念，也启示、矫正社会理念和观念。换句话说，与自然的感知相似，诗人对社会的认知，被感知、情绪和观念所平分与平衡。

> 我睡不着，因为咳嗽与不安，
> 因为敏感的权利，因为正从
> 黑暗之中挣扎着醒来的白光，
> 因为你，因为象征着你的人生的白头发。
>
> ——《头发》

这些表述意味着情绪、观念和感知的共同在场，影响了诗人的睡眠：“我睡不着”——一种混合、复杂的情态表征。就像这首写给妻子的诗歌《头发》，桑克诗歌中涉及的感知和情绪虽然是个人的和私人性的，然而其中涉及的观念却是公共的和可分享的。他的感性知觉中体现着一种对社会经验现场的感知，他的个人情绪中蕴藏着一种社会情绪。因而，这样的个人化感知同时是一种社会性陈述，个人化的情绪同时也构成了一种社会启迪。

---

① 莫里斯·梅洛-庞蒂：《符号》，姜志辉译，商务印书馆2005年版，178页。

你非常
讨厌这样，而且事后
非常后悔：我为什么
这么没有涵养？
生什么气？值得气的
多啦。年轻的时候
都没有这么生气，……

——《制怒》

情绪往往源自于痛苦的感知经验，愤怒之情是自我真实性的证明："生气不是涵养不够的意思，而是/意味着你可能还是一个活人。"（《自我批评》）愤怒之情往往是理念或观念的受挫。相反，"只顾得哭"则意味着情绪的衰竭、语言的搁浅，以及行动的失败。"周围的人都在哭啊，/不仅哭自己的命运，/也哭共同的命运。"这是人们的共同失败：是他们语言的失败也是观念的受挫。

你要知道我有多哀伤，
我的友人，我们从前的日子，
你还记得多少？
反正，我还记得一些，
一起念《梵高传》，一起立誓：
像温森特那样，为了艺术，宁可不要自己

的命。

……你要知道我有多悲伤。你要知道，

我并非因为这些许的变化，而是为了更多的

细微的感受，……

……我的友人，与这些相比，

年华老去又算什么？与这些相比，

健康又算什么？我宁可少活更多的年份，

“不自由，毋宁死。”还是这句老话。

活来活去还是这句老话。

当然，我还会戏谑地说，自由就是胡作非为，

自由就是积极的颓废……我的友人，

你要知道我有多悲凉。你是我的镜子，

你怎么会不知道？我是你的镜子，你怎么会

不知道？那些个争论，有意义的，无意义的，

现在都有了更多的意义，不仅像棉花充实

回忆的标本，不仅像暗夜里这盏壁灯的微亮……

我的友人，你知道我有多荒凉，犹如知道

这雨后的夏夜，雨腥气在空气中漂浮，

漂洗着白昼这块肥肉的油腻，清洗着

美好的理想，或者他们所说的愚蠢的幻觉……

——《信》

与友人“一起念《梵高传》，一起立誓”，意味着观念的相互共鸣、理念的共同出席。就像当年那一场集体性的“放声大哭”。当信念的公共性日趋稀薄，直至连“艺术家”都重命贱艺，诗人坚守的“美好的理想”，也成为“他们所说的愚蠢的幻觉”，诗人陷入了情绪和理念的百年孤独：“你要知道我有多哀伤，/我的友人。”在整首诗中，诗人用了四句成排比阵列的句子直抒胸臆，其悲伤之情循环重复。

诗人的情感激发缘于某种潜在的观念：现实感知经验与艺术和青年时代的理念相距越来越远。在《信》里，诗人的情感——哀伤、悲伤、悲凉、荒凉——源于诗人心底珍视的观念遭遇了感知经验的消解乃至颠覆。

从青年到中年，时过境迁，人是物非，还有谁坚持认为：“与艺术相比，命算什么？”“不自由，毋宁死”这句“老话，又有几人记得？”那些“细微的感受”和“微不足道的表情”，还能被谁的回忆捕捉？在“从前的日子”，被我们珍视的是“艺术”“苦”“山水”“表情”“自由”“争论”……它们象征着自然和存在于精神层面的意志、理想。今日人们追求的“命”“健康”“年华”所代表的是追求财富和权势的可能性，是物质和本能欲望的满足，它们拥有“白昼这块肥肉的油腻”。这怎么不令人感到哀伤、悲伤、悲凉乃至处境荒凉？

然而，哀伤、失望、愤怒……这些出现于无数人日常感知中的情绪，只在某个历史瞬间作为驱动力出现于行动的酝酿中，但从未出现在观念史与制度史的实践中。情绪因介于身体和精神的交叉地带，常常被视为非理性、非确定性或非恒定性的因素，从而显得非关知识与认知。因此，一种蕴含着社会情绪的个人情绪，常常存在于孤独的体验与默默的消耗中：“愤怒的火焰由表及里，烧坏/你的魂魄，再烧坏你的躯壳。/再过一个夜晚，你将化为灰烬。/危险啊，危险！灰烬啊，灰烬！”（《看戏》）如果写作是赋予情绪除了呐喊、嚎叫与嘶喊之外一种有形的言语，似乎也只能如此。个人化情绪要形成共同的道德感知进而塑造出社会共同体的观念，需要漫长的时间进程。在这之前，诗人的情绪意味着一种否定性的语调。

桑克的诗歌拥有着这样一种情绪的否定力量。在他的诗中，藏着一颗“敏感而沉郁的心灵”。这从诗人的语调中可以得到佐证。“语调是某种保证。”就像希尼说过的：“它保证那声明（Statement）并非只是从引语词典中抄来的，而是从作家实际精神中获得的。”从诗集《转台游戏》到《冬天的早班飞机》，阅读桑克创作于 2000 年 1 月到 2011 年 6 月之间的诗歌，随处可见愤怒、厌倦、无奈、凄凉、抑郁、哀伤等否定性情绪，它们似乎在宿命般地回应诗人年轻时“周围的人”都在“放声大哭”的时刻。失败的经验、否定性的情绪、对理想的坚持，在一个早已由哭泣转向“笑忘录”的社会里，它让桑克的诗歌萦绕着一股“负责任的忧伤”（希尼），也显现出一种“失败的美学”。

除了作为一种道义性的保证，语调也是某种溢出语义之外的过量的含义，它情绪化地表达着着诗人的心境及其现实处境。

> 然而我越来越愤怒。
> 一天比一天愤怒，一秒比一秒愤怒。
> 为这些谎言，为这些柔软的暴力，
> 为这些用尽全世界的粗口也不能倾泻干净的人与事，
> 为这个冬天——只有它让我稍微安静一会儿，
> 只有它让我按下愤怒的暂停键。
> 然后放声大哭。
>
> ——《愤怒》

因“谎言”和“暴力”而起的“愤怒”昭示着真相与公义的陷落。这是桑克情绪背后的社会认知逻辑。就像“必须隐瞒我的愤怒，/如果我暴露了，我就把它归罪于家庭”（《元旦》），这是一种作为暴露的隐瞒，作为隐忍的愤怒，作为社会认知逻辑的观念、理念经常这样不动声色地出现在桑克的情绪中。这应该也是桑克写作理念的一种表征：作为坚守的妥协，作为积极的消极，以及作为启示的记述。“你们面红耳赤地说起理想主义，/但是你们从来也没说过你们的理想究竟是什么。/好像列车还没进站就停了下来，而你们/却让我以为列车已经出现在了月台之上，/让我和其他迎接者向沸腾的烟雾挥动手臂……”（《理想》）一种为了理念明晰性的诉求，常常出现在他的情绪中：

每天与自己的怒气斗争，
咬它，哄它，甜言蜜语。
每天与自己过不去，
新的怒气犹如海啸。

心中难以制服的野兽，
要求着公义，心中难以制服的

熊熊燃烧的火焰，
无穷无尽的干燥的木柴……

——《制怒》

若仅从字面意思理解，“制怒”一词本身就充满矛盾对立的张力：制—怒。制：制服、制约，规定性的理智的行动。怒却是情绪的极端化，是涌起的“海啸”和“心中难以制服的野兽”，是本能的、生理的情绪反应。“制怒”意味着以一种理性、稳定的意志抑制不确定的、不确然的情绪、感受和感知。然而，桑克诗歌的情绪，绝非暂时性的感受，他的表达也非浪漫主义意义上的直抒胸臆，而是作为蕴含个人意志的社会理念的启示而出现的。换句话说，是作为“前政治观念”出现的情绪。

世界的认知图景只能经由个人感知，依赖无数个体的陈述才能形成。桑克是诗人也是媒体人，他的诗歌有新闻报道似的记录和纪实价值，这说明桑克在感受力上从没有远离现实世界。然而，他远比一般意义上的媒体人更接近和深入经验现场。因为诗人携带着社会认知意义的微观知觉，携带着缘于更深远历史视野与道德视野中的情绪。

你动用经年的聪明，改弦更张，
逆着你的本性——这是历史的
抉择。对，历史的抉择：看什么
都必须是喜剧，面带由衷的笑容。

尽管台上风雷滚滚，尽管台上
痛不欲生，尽管台上一把大火
将雅典烧成所多玛的废墟，你必须
喜滋滋地从中挑出喜剧的元素，

……

甚至加入剧团，扮演尼禄
或者东方朔。前者赐予公民和平民痛苦，
后者则取悦更多的尼禄或者更多的刘彻。
这样才能合乎俗流，合乎
奴隶的要求——

——《看戏》

在这里，戏剧性冲突的双方不仅是感知经验与观念，还存在于观念与观念之间，即社会观念和历史舞台上表演性的观念之间。一种合理而真实的观念应溶解于情态之中，不能脱离感知经验和情感、情绪。然而出现在《看戏》之中的社会观念——

“历史的抉择”，却是一部写就的戏剧台本，它规定台上演员的行动也引导台下观众的情绪走向。作为一种确然性的、固化的观念存在物，它似乎有着无可争议、不可辩驳的权威性。事实却是：在意象的象征（雅典——民主制度的象征；所多玛——因骄奢淫逸、没有信仰而被上帝毁灭之城；隐士——不问时事怡然自乐的形象；尼禄——古罗马暴君；东方朔——滑稽多智的谋臣，权力的同谋者……）和语气的反讽（“经年的聪明”“这样才能合乎俗流”……）中，“本性”的“妥协”被消解了；“历史的抉择”反而陷入一种可疑的境地。

没有真切的社会情绪、没有真实社会感知的观念，常常是一种欺骗性的意识形态。它的真实功能是阻断观念、情感与感知之间社会能量的转换与流动。观念的生产者与传播者同感知世界相互分离，却使用无可置疑的语气：“历史的抉择”。一个“历史的抉择”，将替普罗大众省却多少因未知带来的惶恐和验证的麻烦。对不确定性的规避、对确定性的期冀、对找寻自己位置的渴望、对权力世界的艳羡，如何不让“看戏人”喧哗躁动？他想“加入剧团，扮演尼禄/或者东方朔。”至少，也得“成为一个心中有数平静如水的隐士”，将生活当做一场自娱自乐的游戏。

在一种社会观念成为被普遍接受的制度理念之前，情绪是观念的前史阶段。然而感知和情绪不会自然演变为“观念”。如若更多的个人不具备从情绪中提炼出表述感知与塑造观念的能力，聚集起的社会情绪将重复成为一场登台又很快谢幕的暂时性演出。个别保持清醒的人，只能渐渐陷入自身清醒的绝望，眼睁睁看着权力意志以真理的名义——比如“历史的抉择”，在舞台上“风雷滚滚”。

……我看见
改头换面的绝望，我看见我压抑
我的愤怒，并且勒住愤怒的脖子，我看见
我平静地讲述经验的处理，
各种各样分岔的小路，必须选择，
五彩缤纷交叉的小路，我平静地
看见我的平静，我愤怒地听见我的愤怒。
平静握着愤怒的手，愤怒摸着平静的头。
我平静地挽着愤怒的胳膊，走在寒冷的
风雪之路，雪堆，雪泥，冰块……
汽车，行人，立交桥……我平静地看着
夹杂期间的杨树，然后一闪而过。

——《我看见》

无疑，绝望、压抑、愤怒……都是令人痛苦的情绪经验。当这些负面情绪不能通过合法的方式转化为有效的社会理念时，它们再次论证了“愤怒出诗人”的诗学命题。

但桑克并非为着再次证明一个社会悲剧的美学效果，他也轻轻地颠覆了它，经过多年的相随与较量，诗人似乎已找到与“愤怒”情绪合宜的关系：“平静地挽着愤怒的胳膊，走在寒冷的/风雪之路”。在这个时代，诗人桑克的身影和愤怒的声音是独特的，然而他的情绪却具有普遍性，他的情绪所指向的观念和意志无疑具有一种预言意味。

自然的肉身：知觉、时间和表达

——读青小衣诗歌

一场大雨过后，我打开窗子，对流的风夹杂着略带腥味的泥土气和窗外池塘的水气，钻进房间并欢快地窜动：风将窗外的世界搬进了室内，带来空间的移动和置换。拂过发肤的凉风瞬间将人带回“春有百花秋有月，夏有凉风冬有雪”的古典世界和教寓之中——这一世界的时间刻度由自然物及其对空间的充满、表现所彰显、标注。就如此刻，身体和知觉的存在通过风的行动——吹拂——而得以验明和确证。

眼下正值初伏中伏之交，大多时间，天空像一个蒸笼紧紧闷罩着世界。透过窗子往外看，行人与树木都耷拉着脑袋，蔫然着，苦楚着。太阳一枝独大，罢黜了其他天象的席位：比如雨，比如风，尤其是凉风。“永日不可暮，炎蒸毒我肠。安得万里风，飘飖吹我裳。”（杜甫《夏夜叹》）太阳和炎热千年未变，人们对凉风的期许也应如是。不过，今天的人们已通过空调生产出一种风的拟象并隐庇其中。这是一种可操控的风，只需按下遥控，此风随时可起，即刻可覆。人们由此省略了对自然风的期待和依赖。当然，这也是一种与自然相割裂的风，一种孤立的风。它既解救人于“炎蒸”，同时也消解了“开轩纳微凉”的空间感和欣喜。换言之，空调打造的恒温堡垒既抵御了太阳也抵御了风，并同时取消了空间感。那从机器中不知疲倦地呼呼喷出的“风”，是技术和工具理性的力比多，它催促着身体和感知的隐匿和退场。也就是说，技术通过创造一个疑似自然而成功抵御了真实的自然。沉溺于空调房的人们逐渐远离了真实世界以及“残云收夏暑，新雨带秋岚”（岑参）所能提供的氛围、意境、想象和意义。“真实在其拟像中消失”，就像波德里亚说的，“一个等温的世界，由于风和阳光的不在场而没有蒸发，是一个死的世界。”（波德里亚：《冷记忆》）

技术模糊了现实和拟像的边界，乃至悄然互换了彼此的身份。一个等温的空间取消了吸收和蒸发，流逝和生成，也就取消了自然和空间的在场。等温同时抹消了速度和时间：因为它使参照物因凝寂而停止生长。借此，等温将时间的均质化发挥到了极致：时间的进程成为匀速原地踏步运动，或反复而无效地打转。从这个意义上说，空调室内的钟表是一个过时而多余的装饰：它费力地宣告一个叫做“十二点”的王即将登台——而其因无能和无效早被收缴了实际权力。

在这个技术世界，我们获取的和丧失的几乎一样多。

正是在这样一个酷暑时节，在一间等温堡垒中，青小衣的诗歌将我带入了时间装置的内部和深层，让我重新触摸到自然的肉身，并“想起自己最初的样子”。

比如这首写雪的诗：

村庄，一下雪就变成我的故乡
房屋蜷缩在大地的深处
绵羊般安静，烟囱都呵着白气
——《村庄，一下雪就变成我的故乡》

在童年和少年时代，大雪和浓雾是我所能见到的自然界中最具魔力的巫术表演。当厚厚的大雪像巨型创可贴，慷慨地覆盖冻裂的褐色土地和缝隙，伤口得了医治和看护：那些日常经验的事物——呆板矮旧的房屋、干涸或结冰的池塘（“池塘”这个词已然具有美化的功能。农村的池塘常常就是一座水坑，并且坑沿边常常堆积着废弃的衣物和垃圾）、曲折瘦弱并随处可见家畜粪便的屋后小道……一夜间完成了奇异的改头换面。这从天飘落的棉花糖和天鹅绒，温柔地装点了所有事物。雪衣发出的晶莹闪光令人目眩，又充盈着永恒、静谧和温暖。雪后的世界因过于整齐、干净而显得陌生而神秘。原本零散杂乱的物体，经雪编织和联系起来，绵延铺展，拓展着人们的视觉和意识的远方……

作为天气现象之一种，纯粹的雪是没有意义的自然符号（当然，雪对应着一个时间刻度：冬天）。而村庄，对常年劳作其间的农民来说，因贫乏的物质条件和过于熟悉的日常，大多时候也仅充当着提供起居的空间形式，而缺乏审美属性和文化意义。就像我们经常体味到的：经验的重复足以让时间产生另一种意义上的静止和无效，直到某种外力强行篡改其固化程序，比如一场大雪："村庄，一下雪就变成我的故乡"——早上醒来的村庄将惊讶地发现自身的变形："房屋蜷缩在大地的深处/绵羊般安静，烟囱都呵着白气。"雪用巫术改写了村庄的模样、气息、属性，乃至年龄和性别：被装在雪的襁褓中的村庄成为了一个安睡的婴孩，宁静、温馨、祥和……

从“村庄”嬗变为“故乡”，雪只是引子，诗人的知觉、想象，以及对文化和意义的理解，才是更重要的原料和因素。伴随这些诗句所展示的从纯粹质料到诗意形象的转变，阅读者的感受、认知、回忆、观念等也被轻柔地触动了。

青小衣的故乡河北邯郸与我的家乡河南开封直线距离不过两百余公里，可以推断我们有着经历和命运十分相近的村庄。而诗歌证实了这一点。从这首诗中，我确实辨认出那同样降落在我的童年和少年时代的一场又一场大雪，以及雪下沉默的事物，还有“自己最初的样子”：那因雪而萌生的期待和渴望，惊喜和感动，以及满足感和幻想：

> 在下雪的日子里，我总是嗜睡
> 做各种梦。暖和的，滚烫的，柔软的
> 白屋顶把我捂在手心

诗人转向另一个雪状容器：梦。梦本无形无态，诗人通过将雪的形态（“白屋顶”是房屋的提喻）和“梦”同一化而创造了一个有形态的“梦”（“白屋顶把我捂在手心”），并得以进入其“暖和的，滚烫的，柔软的”内部。这里还有另一种停顿方式和理解路径——“暖和的，滚烫的，柔软的”作为“白屋顶”的定语而修饰隐藏的主语：雪。这种语义的模糊和暧昧性，使“白屋顶”与“梦”构成两个相互交叠、彼此供氧，又彼此独立的空间。其语义效果即使游动漂浮的梦获得了一个实体装置空间和丰富内容，“白屋顶”也作为“嗜睡者”的覆盖物而被过渡上动人的肉身性征。

另外，“雪”和“梦”都意味着对现实的暂时性出离，以及对理想空间的想象性占据和拥有。它们对孩子来说，都是美妙而又无需花费钱财的安慰和礼物。一个“暖和的，滚烫的，柔软的”的世界不存在“陌生，坚硬”：

> 这么多年，什么都在变
> 变得陌生，坚硬。只有雪花没有变
> 走在雪地上的声音没有变

这么多年，时间和科技改变了太多事物，并且悄然形塑了我们的感知和理解方式：包括太阳、风、雪在内的自然物象，沦为被操控、被利用的对象或客体，成为我们耳熟能详的“风能”和“太阳能”，进而充斥于语言交流系统和意识范畴。确然，在这个“失去象征的世界”，从物到对物的感知，再到语言，“什么都在变/变得陌生，坚硬。”在工具理性大行其道之时，如何恢复对天象和自然事物鲜活的感知、理解和表达，成为每个写作者的自我道德要求。敏感于上述困境的诗人，或通过恢复词与物的同一性关联进而解放词与物，或通过伦理的、道德的生态文化关怀策略和形式改写主客二元关系定式，或通过重新复魅事物而生产诗意，如此等等。

在青小衣的诗歌中，雪、风、雨、太阳等天象，则常常作为“亲人”的形象，为诗人或提供亲密和庇护：“风是我的闺蜜”（《我的文字像我一样孤单》），或提供照料和安慰：“雨，从高远处/干净处，来到我所在的一小片人间//她们是我的亲人，过段日子/就来看我一次//就像母亲，每次来/都把我的尘世擦洗得一尘不染//跟新的一样”（《亲人》），以及——也是更重要的——提供寓示和教诲：

一场雪，又一场雪

盖住那些变化了的事物，让它们在雪下

沉默，想起自己最初的样子

——《村庄，一下雪就变成我的故乡》

这不仅仅是对物进行诗意和文化的复魅，它同时包含了深刻的眷恋和感慨：对变化中的不变，对曾经的“最初”。诗人这里看到的是雪和雪下沉默的事物，更是时间的流逝本身。她以朴素的温情敦促时间以一种有形的、可感的肉身形象——“一场雪，又一场雪”，以及“走在雪地上的声音”——暂停下来，并回返自身的源头。在那里，有诗人“最初的样子”：

我喜欢坐在一些地方，一块石头

或一堆原木上。时光会倒流，一寸一寸退回去

退到很远的昨天，更远的前天

那时候，只有黑白照片，彩色胶卷

都铺在野外。春天里，花粉落在我的鼻尖上

冬季很漫长，一地一地的雪

——《我坐在时光倒流的地方》

虽然已经丧失了警示、训诫等功能以及更多的

象征内涵，对于风景和美处于匮乏状态的平原农村来说，天象在某个时刻的突变，依然为人们提供着充沛、丰盈且生动的美学教育和道德教诲：在“只有黑白照片”的时代，它们是仅有的“彩色胶卷”。比如绿满田野、油菜花开，比如一场冬雪的降临。特别是雪，为童年的我们带来了多少可供长久回味的欢欣、迷醉、震颤和眩晕哪！可以说，在四野肃杀、一片死寂的寒冬，正是大雪，培育了和培育着我们的惊喜和感动的能力，以及对“未来”的期待和向往。（浓雾则带给我们对未知空间即“前方”的探知欲望。）大雪，不仅构成村庄的装饰和修辞，也是带给村庄的慰藉、礼物和赐福。接受“雪的款待”，便是接受来自自然和上苍的告慰和祝愿。

青小衣这些将自然作为亲人并对其肉身化表达的诗歌，充满知觉的柔温、体贴的情义，也流露着明显的女性气质和抒情气息：眷恋、依赖、自白、敏锐，以及隐微的疼痛感。可以发现，她明写“故乡”曾经之“梦”，暗写“村庄”今日之实。她以雪的覆盖，裸露出雪下的沉默。

当然，天象的显现并不必然采取温良和静默的表达形式。就在我写作这篇文章的时候，诗人的家乡刚刚遭遇了暴雨灾害。7 月 28 日，青小衣在其博客发表了一首名为《我对故乡的水知之甚少》的组诗，计十首，描写了水灾从来临到退却的整个过程。在第四首中，她写道：

庄稼都竖起耳朵
河水流得更疾。……
云朵在头顶黑着脸站着
很想跟它吵一架。

直到此刻，诗人看待乌云的眼神依然是亲密和嗔怒的，也就是说，她与乌云的关系依然显现为紧密的主体间性。如同两个负气的闺蜜："很想跟它吵一架"，这种特殊的亲密感不禁令人动容和沉思。

当雨水越降越多，水位越升越高，另一种表示亲人的符号对位性地出现了："慌乱中只能抱紧我的全家福"（组诗之六）。

在组诗之七中，天象（雨水）以一种否定性的角色彰显了提示和教诲功能：

我必须，抱紧微笑着的父亲
我必须，抱紧穿着兰花小褂的母亲
我必须，抱紧满脸稚气的弟妹
我必须，抱紧咬着嘴唇的自己

四个接踵而至的“我必须”，保持了暴雨一般的节奏和气势：紧密、强烈、坚持、不容商榷。雨教给诗人的不仅是声调和节奏——

> 在水里，我必须离亲人近点儿
> 再近点儿。我必须学会抱紧，抱得再紧点
> 只有抱紧，失去的和即将失去的事物
> 才能再次回来，回到我的怀里

就如那首写雪和村庄的诗歌，这首《我对故乡的水知之甚少》明写暴雨，实则写的仍是亲人之情之爱，写对流逝和消失的抗拒，以及对情和物的留恋和珍视。

> 大水之殇。我对故乡的水知之甚少
> 对它的行为，速度，深度，狠度，浑浊度
> 都知道得太少了
>
> ——组诗之九

可以说，对故乡的水，我们皆“知之甚少”。在生态学、社会学和经济学之外，对降落在故乡的雪和雾，对吹拂于故乡的风，我们又知道多少呢？它们来自我们难以探知的他处，不期而至，神秘莫

测，也难以预料会为大地和人们留下什么样的告诫和讯息。诗人青小衣以令人叹服的真诚、虔信和爱，视其为特殊的“亲人”，并通过诗歌，细微地描述和表现了它们的肉身。阅读这样的诗歌，也将伴随着我们对自身感受力和理解力的反省和叩问。

青小衣的微博有一言简介：“不谈风月，只谈心。”若天象自然可视为另一种“风月”，我们看到，“风月”之表象下，是诗人对故乡和亲人的真诚了解和爱，以及与流逝的时间、空间、事物、感知的深刻眷恋和挽留。如组诗《我对故乡的水知之甚少》最后一首仅有的两句：“这个夏天，太多的水来到了故乡/最咸的水在眼睛里”……来到诗人故乡的雨水、大雪和风，通过转化为爱的泪水，留在了诗人的眼里，也让其诗歌显现在读者的共鸣之中。

建构一种“广义的诗学”

——耿占春的思想和写作

尽管耿占春在写作中强调并一直践行着“细节的主题化”，他的语言和写作风格也早已形成了明显的“个人修辞学”，然而在一篇不长的文章中分主题论述他的写作仍显得挂一漏万：他的思考和写作太过广阔与繁富。不过，阅读他数百万字的著作、批评文章和札记，仍能发现对一些问题的关注和讨论多次出现在他的感知经验和写作中，如语言和主体性问题经过他反复论述和深化，已成为一种具有跨学科意义的思想主题。

从学术史和观念史角度来说，语言和主体性问题属于诗学、语言学和哲学社会学问题的重要论题，一个批评家不可能绕开它们；同时，语言和主体性在中国当代学界戏剧般起伏跌落的命运，是当代思想者和写作者共同的历史境遇。对一种批评性写作来说，能否以一种人文主义的个人主体为基础生成主体性意识，成为思想有效性的重要前提；生成一种个人的修辞学，始终是隐含在耿占春写作中的话语伦理。

就中国当代诗学和思想语境来说，伴随着上世纪80年代中后期西方理论话语资源的传入以及一场社会断裂性的骤变，“文革”结束后才刚刚兴起的主体性意识旋即被语言问题所取代，其转型之急剧颇耐人寻味。耿占春本人的思想路径与上述发展有所不同。1980年代初当学界正在热切地反思“文革”时，他更多注意的是现代汉语被伤害即词语的滥用或被“污名化”的问题。对语言的关切在《隐喻》一书中几近“语言本体论”；对修辞和语言所建构的“超现实”，以及对语言近乎浪漫主义的崇尚，旋即被抛入沉重的社会语境之中。80年代末他不得不扬弃对“纯诗”的渴望，对“辉煌的想象力”的颂扬，对纯粹精神和语言哲学不切实际的幻想。一种阿多诺式的“奥斯维辛”及“幸存者”的伦理感受打破了语言本体论的幻觉，《一场诗学与社会学的内心争论》一文显示了从语言学向社会伦理问题的转换路径。批评家并未取消对语言问题的思考，但只能在“良心的锯齿上”与隐喻和象征相对，在语言的启蒙中对社会伦理和道德问题进行历史性地和诗性地叙述、分析。最终，在激进化的“语言本体论”和“主体性衰落”的理论语境之外，耿占春在《失去象征的世界》中形成了一种值得信赖的“感受性主体”——一个由语言和主体性互相生成、确认的交互主体——并以此使思想立足于“美学和道德之间”。

通过平衡修辞的诱惑和思想的激情，耿占春建构了一种将语言和社会学考察交汇互证的“隐喻诠释学”，即通过探究隐喻和象征的文化功能将诗学问题推延至更深的文化语境和社学会语境。通过持续地关注微观知觉、偶然语境、瞬间的意义生成、细节主题化、语言和文体意识……并将它们形成主题化的论述，批评家穿透了文本意象和修辞的封闭性与自足性，同时赋予了诗学理念以可感、可触的肉身形象。通过将个人感知和意义图式所携带的文化意义和功能组织进当代社会、政治、文化的发生、循环和交流过程，耿占春成功建构了一种基于文本分析之上的“广义的诗学”。

“语言本体论”及其变形

早在1981年秋，在一篇为“今天”诗歌辩护的文章中，耿占春已显现出对语言问题的极大关切。一种“改变语言”的豪情欢欣地涌动于他的笔下："当我们创造性地选择或构造这种或那种语言的时候，我们就可以改变我们意象世界。语言的选择对某种事物的表述即对世界的看法（思想意识）是有决定意义的。"①

这是一种昂扬激越的声音，充满对另一个精神式世界的热切想象和向往。彼时，充斥着意识形态的标语口号尚留在街巷，甚至依旧支配着学院语言。人们反思"文革"的语言也依然是"文革"化的。一个年轻学子对富有"创造性"的语言和想象力的渴望，就如一个生长在地貌单调的豫东平原的孩子突然看到"一片斜坡！一条河湾和隆起的堤岸！"时感到的"莫名的激动、快乐"（《一座斜坡》②）。此刻他尚在校园，社会历史经验的阙如使他只能将全部的热情倾注于语言、想象力等有限的抽象主题。在大学毕业论文基础上写就的《隐喻》俨然一部语言的颂歌。从该著作三章的题目——"人，以语言的方式拥有世界""诗，在语言返回根源的途中""思，重建语言的隐喻世界"——可

① 耿占春：《改变世界与改变语言》，社会科学文献出版社 2000 年版，第 23 页。

② 本文仅注篇名未逐一注明出处的引文均为耿占春 1990 年代初以来的思想札记，除《沙上的卜辞》一书，余皆见诸《十月》《青年文学》《作家》《延河》《黄河文学》《人民文学》等。

以发现，年轻的写作者于其中建构了一个由人、语言、诗和思四者支撑的世界。语言在其中毫无疑问扮演着基建性的角色："语言的功能并不在于再现现实世界。或者说语言符号由于它是再现着，因而也就是它替代着，也就是让某种东西成为现'在'的。"① 在此，语言不再是"传达的工具"而成为"主体的世界的界限"。他甚至更早一步宣告了语言的本体论："我们应该通过语言（作为媒介）来表达，转换到依靠语言本身的存在（语言作为本体）来表达。"②

初稿于1980年代中期的《隐喻》充满了对语言、诗和修辞形而上学式的狂想，相应的问题则是主体性观念的模糊：偶被述及的主体也以"人"这个大写的类主体出现。在这个阶段，耿占春甘愿将自己的主体意识交付于语言的裁决：对于人来说，语言"是一种祭礼，一种恩宠"③。这种神话和史诗般的语调被后来的他——借用阿多诺批评本雅明早期文本的话语——自嘲为一种"教义性的语气"。他勇于承认：这样的语气"令人难堪"，并

---

① 耿占春：《隐喻》，河南大学出版社2007年版，第205页。
② 同上书，第225页。
③ 同上书，第1页。

言“一切‘教义性的语气’中都有病毒。”（2011年札记）

当耿占春走出语言本体论的影响关注社会伦理语境的问题时，主体性的讨论在中国学术场域中几乎销声匿迹了，相应的是伴随着语言学转向的语言本体论的登场。这既源于创作者对形式和语言革新的自觉追求，同时与语言学、符号学、结构主义等西方现代和后现代主义所盛行的“作者之死”“人之死”“主体性衰落”等观念的传入有关。不可否认，新的语言观确实增加了当代艺术和诗歌文体的先锋性、现代性和复杂性，并于无形中冲击了权力话语的陈腐、没落和独断。然而，正如耿占春所提醒的，如果注意到中西方在观念史和社会史以及制度实践方面存在的巨大差别和错位，中国学界在90年代之后罔顾现实差别而与西方后现代主义艺术观念亦步亦趋的合拍，就不免显得“诡异”与可疑。

自人文主义思想兴起以来，西方社会中的政治、科学、道德和艺术等都体现了主体性原则。“它们在哲学中表现为这样一种结构，即笛卡儿‘我思即我在’中的抽象主体性和康德哲学中绝对的自我意识。”[①] 当然，事实证明，个体主义属于一种“混杂的赐福”。特别在面对自然时，个体主体的极端化更是扮演了很不光彩的角色：所谓的“解放”变为“统治的冲动”。这种过界的个体主义被弗莱德·R. 多尔迈命名为“占有性个体主义”——“占有性的强化所导致的结果就是个人自己被逐渐地占有，其原因在于机械的运用和操纵的国际化。当代技术显示了这种控制关系。当人们想扩展人类的统治时，技术的进步就加固了笼罩于社会生活之上的因果控制和管理控制之网。”由是，诸如结构主义之类并非“反理性”，而是“西方社会中一种更为广泛、更为庞杂的理性思潮的新近的、特别显著的体现”。虽然反主观主义和反人道主义的浪潮于20世纪席卷了包括宗教神学、语言分析、系统论、结构主义等多个领域，其中的关键问题，在弗莱德·R. 多尔迈看来，“仅仅是关于部分与整体、个人与社会之间的相对关系的重新调整”。[②]

与西方将“人”从各种外在的“监护”和压

---

① 哈贝马斯：《现代性的哲学话语》，曹卫东译，译林出版社2011年版，第22页。

② 弗莱德·R. 多尔迈：《主体性的黄昏》，万俊人译，广西师范大学出版社2013年版，第22－23页。

抑下逐步解放的历史进程不同，在中国传统社会的思想主流和制度建设中，个人主体或消隐于“修身、齐家、治国、平天下”的国家主体和集体主体当中，或消融于“悠然见南山”“相看两不厌”的“天人合一”中怡然自得（在古典专制制度下，这或许是一种高妙的生存哲学）。进入19世纪末20世纪初，受“西学东渐”影响，主体性观念和个人意识在“五四”新文化运动中得到了一次爆发性的苏醒。然而，仅过二三十年，“救亡”就压倒了“启蒙”；进而，权力话语和集体意识彻底湮没了个人话语……这一情形直至70年代末“今天”诗歌的出现才有所改观。有赖于80年代上半期逐渐开放的政治、社会、文化语境，主体性观念、人道主义、人的异化等问题逐渐在哲学、美学、政治社会学以及文艺创作和文学批评界引起了热切的讨论和广泛关注。

由此可见，中国学界于上世纪80年代中后期以及90年代之后向语言主体论的急剧转型，并非如西方思想语境中观念逻辑的纠偏和调整，“而是一种充满断裂感受的改变，其中包含着自我意识的断裂与非连续性”[①]。在启蒙思想尚未结业、个人主体尚未获得精神自立的情况下，语言主体论的盛行不得不引起思想者的忧虑与质疑：“如果在这样的时代里不能为自己的道义本身给出界限，不同时保持着对人类事务的基本的相对性的认识的话，他本身也就可能会成为一种独断性思想与写作的根源，成为人类机体中古老病菌的携带者与传播者。”[②]

大卫·休谟喜欢说“愚昧是热情之母”。主体、理性和认知从来都不是语言和修辞的敌人，相反，是不加反思的激情给集权主义提供了远比宣传和恐怖更有力的支持。一个反思主体的声音是一种真诚地却“不是很肯定地表达他的至精微的见识”的声音。耿占春之所以一直信赖梅洛-庞蒂而不是其他语言与感知方面的理论，正是因为后者“虽然历经左翼思潮，虽然和他的同代人一样曾经渴望着某种统一性的理论（如同他的思想依然偏好诡秘性与神秘的意义），但最终在《辩证法的历险》中反省与告别了极权主义这一欺骗性的意识形态”

① 耿占春：《主体性观念的兴起、话语策略及其衰落》，《文艺研究》2014年第6期。

② 耿占春：《改变世界与改变语言》，社会科学文献出版社2000年版，第379页。

(《我书架上的神明》)。庞蒂的这位中国同行稍后以略带讽刺性的口吻说，他写作的“初衷”也是“钻入文字的象牙塔”，前提是“如果环境让良知不太感到刺疼”(《诗歌的伤害》)，然而1990年代之后其修辞理想便不得不掉头返回到“良心的锯齿上”：“启蒙思想和人本主义不是我们的学术思想和选择”，他如此叹息时不无无奈，“它是我们这一时期的历史和境遇中的思想。”①

“主体性缺失之下的主体”和语言

写于1990年代初的札记出现了很多噩梦：从“发射自我”到“机器兽”，从“乌有城”和“地狱”，这个时期耿占春正处于最深的沮丧和痛苦中。对他来说，“启蒙思想还没有成为制度的基础就不幸地过了真理的青春期”(《失效的人文思想》)。没有了想象力构筑的诗意和超现实的神话，连梦境都充满破碎和恐怖。此刻他只有一个身份：失败者。“失败”成为这一时段的身份徽记。人文话语失效了，启蒙的激情遭遇了禁忌的冻土带，思想主体陷入了深深的幻灭感和挫败感：“你是一个文学

① 耿占春：《改变世界与改变语言》，社会科学文献出版社2000年版，第391页。

修辞所造就的幽灵主体。在一场历史噩梦醒来之后也就消失了。”（《我又是谁呢?》）情绪的抑郁和苦闷很快波及到身体，他陷入了“一场漫长的、似乎是难以康复的疾病”：“世界的存在依赖于我的主观性?……你既然有这么了不起的主观意念，那为什么还怀着一种难忍的忧伤，怀着一颗难以抑制其颤抖的心躺在这里，对一切都如此感觉束手无策呢?”（《窗外》）

即使行动主体陷于无所作为的困境，耿占春依然不能认同这一时期所盛行的“语言言说”的时髦观念：“当社会或个人生活不幸的事态发生时，表达的冲动显然不是来自于语言，是我们心中的痛苦要说话，而不是语言。”① 即使“对一切都如此感觉束手无策”，然而这种感觉不正是源于主体性的感知能力?麻木淡漠的人不会产生“束手无策”的挫败感。对一个置身自身社会历史语境的思考者来说，忧伤、沮丧、痛苦、愤怒、抑郁……这些经由现代文学培育的主体感受，不正是对主体性在场的确认?

按照杜威的说法，在人类经验境遇中，“情感

① 耿占春：《失去象征的世界》，北京大学出版社2008年版，第300页。

从积极或消极意义上完全依赖于行为”。详细地说，情感“一方面作为一种亢奋的肉体状态伴随着特别成功的（同人或物）‘交流’的经验，另一方面它们又作为失败或受阻的行为经验。”① 在“个体主义”② ——即对人的尊严的尊重、自律（或自我导向）、私人性、自我发展——未成为制度实践的基石和人们的思想共识之前，“主体性缺失”会是更多人的困境。就像批评家自身所经验的，一个人会是一个认识主体、感知主体、情绪主体，甚或“半自主”的道德主体、“半自由”的经济主体……然而却不是一个政治主体和有效的行动主体。在《失去象征的世界》中，批评家为这一主体性困境命名为“主体性缺失之下的主体”。

一个“主体性缺失之下的主体”，在社会交往和实践政治范畴的承认形式遇挫，不仅会导致个体同一性的分裂，并有可能进而连累身体。耿占春于上世纪 90 年代初长达数年的“心肌炎”和在 2010

① 转引自阿克塞尔·霍耐特：《为承认而斗争》，胡继华译，上海人民出版社 2005 年版，第 145 页。

② 斯特文·卢卡斯在《个体主义》一书中用四个基本概念或原则来确定“个体主义”这一概念的本质，即对人的尊严的尊重、自律（或自我导向）、私人性、自我发展。转引自弗莱德·R. 多尔迈：《主体性的黄昏》，万俊人译，广西师范大学出版社 2013 年版，第 2－3 页。

年底一次公共事件后持续数月的疑似“感冒”，都是主体在审美化的感受性与行动力方面的不对称所引发的并发症：观念和理想遭遇重创，自己却无能为力。语言的神话在看得见的机械和看不见的“大写的他者”面前，脆弱得不堪轻轻一击。忧郁、焦虑、痛苦、愤怒等负面情绪，不过是主体意识到自身的主体性遭到损伤之后的连锁反应：“抑郁症……是主体性的主体功能之丧失所导致的一种结果。……抑郁是主体性所丧失的功能重新返回主体自身加入了主体的失败的自我认知。”①

然而，当现代医药长时间无能为力的病症在主体恢复语言表达能力之后，竟神奇般地康复了，耿占春开始重新思考主体、身体以及语言的循环交互关系以及语言的角色：受损的主体在另一种意义上需要语言。理念的受挫、情绪的抑郁、身体的疾病……呼唤着言说和证词，就像在弗洛伊德精神分析研究中，幼儿渴求母亲具有康复效用的触摸以使身体和谐统一。一方面，相对于疾病作为痛苦的一个失败的直观性表现，语言可以通过对主体经验表现式的转换，使无可言传的痛苦获得另外一种意义上

① 耿占春：《谁能免除忧郁?》，《天涯》2012 年第 2 期。

的直观性，从而替代并取消疾病的合法性。在这里，“语言所具有的意义，不在于原封不动地表示内容，而在于把它转变成语言这另一个存在。”[①]另一方面，面对经验的破碎和理念的断裂，主体感知的连续性和整体性只能依赖话语的结构和秩序；若语言也离开主体，“一个纯粹心理学的主体就会奄奄一息”。因此，受理念遇挫而引发的病愈也将以语言能力的回返作为恢复的预兆。“作为经验性主体或感受性的主体，在自我放弃自我否定之后，在某一瞬间通过语言的恢复作用，再次占据了主体的位置。”（2011 年札记）在此受限的前提下，耿占春将语言重新视为一种主体或“主权的核心”“自由的核心”“意义的内核”。启蒙思想于制度领域触礁之后，或许唯有诗歌话语“能够支持启蒙思想”。

不过，语言的效用从来不是单一向度的。主体对失败和创伤的确认会导向截然不同的“防卫”结果。弗洛伊德在《悲悼与忧郁症》中指出：“创伤分裂自我；然而创伤也常常阻碍悲悼。”这种阻碍体现在“忧郁症可能接管旧的自我并将之藏匿起

---

① 岩城见一：《感性论——为了被开放的经验理论》，王琢译，商务印书馆 2008 年版，第 238 页。

来；新的受创自我则被斥为不纯洁而遭到摒弃。如果失去的对象是自我，忧郁症就类似一种自我野蛮化行为——被藏匿的自我从内部侵蚀受创的幸存自我，企图割裂幸存自我与外部世界的联系并欲置之死地”。[①] 从这个意义上说，语言主体论在 1990 年代的兴盛与主体对待失败和创伤的态度和自我医治方式或不无隐秘的关联：主体理念、意识溃败于权力面前的受创经验，在主体潜意识里被作为屈辱而藏匿起来，取而代之的所谓“语言主体”，其实隔离了主体与历史、社会等外部世界的关联。在诗歌和其他艺术领域，对语言和形式自足性的过分追求，常常落入消极趣味、自恋自欲和语言游戏的窠臼。在理论、批评等学术领域，1990 年代以降，概念、问题意识和历史、现实的割裂，使中国大陆学界形成了“思想家淡出、学问家凸显”（李泽厚语）的整体转向。学术行话、理念观念与主体经验脱节，导致了对思想史、观念史和制度史的漠视和僭越，最终使语言在生产机制和使用过程中滑向了观念的假面舞会和“概念的狂欢”。这一切，可以说都是写作者藏匿受创经验以及阻碍悲悼的不同

---

① 转引自加布丽埃·施瓦布：《文学、权力与主体》，陶家俊译，中国社会科学出版社 2011 年版，第 140 页。

策略。

见证了激越的 1980 年代，经历了艰难忧郁的 1990 年代，批评家不可能再将语言奉为“一种纯粹的主体”，同时也不能将“我思”的抽象主体和绝对的自我意识当做一个真实的主体。换句话说，他既不苟同结构主义学说将主体从其话语陈述者的位置上废黜掉，浪漫主义式的抒情自我观念在此时此地又不合时宜，因此，在语言本体论和主体性观念的意识幻觉之外，耿占春在话语活动中，通过《失去象征的世界》一书引进了“感受性主体”的概念，即一个“动态的、过程之中的传记性自我的概念”。

“感受性主体”：在美学与道德之间

“感受性主体”是在主体与世界的间距中引入“感受力”作为中介的主体样态。因为主体的感受维系着主体与语境的联系，对感受的关注意味着对经验主体的真实境遇的描述和解释。就学术批评来说，无论是叙事话语还是概念、隐喻和象征符号的语言，其有效性都取决于它是否在自身的社会与历史语境中提出问题。在“主体性缺失”的先在语境中，诗人和批评家所感受的沉重、忧伤、愤怒等感受，不仅烙刻着主体失败和受挫的行为经验，同时折射着政治和社会领域作用于——用福柯的术语便是：控制、干预、宰制、矫正、规范——主体之上的诸多标记。知觉、情绪这些主体性感受，不仅是写作的行为动机，同时构成了社会学的分析路径："不是通过什么存在主义思考你的存在，而是通过你的忧郁、你的噩梦，通过你的疾病思考你的'存在'"（《低语者》）。

在当代学者和思想者中，耿占春是最早于社会学考察、思想史观照和主体性判断中引入身体感知（特别是抑郁、疾病等负面表征）的思想家之一。早在《失去象征的世界》之前，他已于1993年出版了《痛苦》。此后，他又在多篇文章和札记写作中描述并探讨了主体感知的负面经验与社会历史境遇的印证关系，如《他人的痛苦》《当痛苦反对痛苦的时候》，以及《谁能免除忧郁?》《疾病感受、艺术表现与健康》等等。这种通过描述身体感知并将其作为反观社会问题的路径，或可名之为一种"身体社会学"或"疾病社会学"。这种写作和思想的逻辑核心在于，身体的负面表征是观念受难的形象化，而疾病反过来又确证了主体性缺失、理念实践失败的现实经验。用批评家的话说："人文价值的丧失其实一直暗中伴随着社会性的抑郁，抑郁与其说具有医学上的普遍性不如说具有社会学意义上的普遍意义。”①

另一方面，就写作这一语言实践行为来说，切近主体感受性的理论语言意味着观念的细节化和思想的肉身化。这也是“感受性主体”这一主题的另一要义，即强调语言、修辞能力和现实审视、思想深度之间互相激活与二者关系的可逆性。通过不断更新修辞和语义的修正，以最大程度地切近经验语境和意义感知，同时使语言、修辞兼具文化反思及社会伦理功能，耿占春将语言、修辞从美学和技艺领域提升到了“隐喻的真理”（保罗·利科语）层面：“一种与诗歌有关的写作所面临的不仅是象征、隐喻、反讽或其他修辞策略，写作活动或语言活动首先遭遇的是谎言、空话、禁令，是修辞现成品，是取消思想的固定概念，是语言符号的空转系统；是这一空转系统碾碎一切在经验上有意义的感知的蛮力，是一种先于认知能力的蛮横无理和不容置喙的终审判决。”语言符号的空转，是转动这一动作的本体论，亦是语言本体论的变形之一，是生

① 耿占春：《谁能免除忧郁?》，《天涯》2012年第2期。

产无意义和虚无的符码游戏。如批评家的诊断："唯有恢复语义与经验的切身关联、唯有在话语中恢复思想对经验世界的感知才能打破这一野蛮的空转系统。"（2014 年札记）通过赋予象征、隐喻、修辞，以及主体的感知以细节化的描述和认识论的意义，耿占春强化了修辞和思想之间的张力，同时使思想的呈现因修辞学的在场而更加具有穿透力和感染力。在这种利科意义上的"隐喻诠释学"式的思想和写作方式中，修辞系统同样面临着现实和思想的逆向评审，以验证其究竟属于"对真理的追求"还是其他。作为一个跨界的批评家，耿占春的写作涉及语言、诗学与哲学社会学等繁复的主题，却始终保持着一种直觉的理解力和洞察力，或许正因为其话语始终体现着对社会和历史语境的探询、对"原始场景"的回应、对主体性感知和社会伦理维度的忠诚。

在一则札记中，耿占春曾如此评述他所喜爱的契诃夫："他去库页岛流放地履行一种对他人的职责，写出《萨哈林旅行记》如同要偿还所欠受难者的一笔道德债务，以便使他得以再次安心写作他热爱的文学。"（《历史中的现象学》）这何尝不是批评家的自况？作为一个审美主体，毫无疑问他最爱的是“文学”，是语言，是象征和隐喻的交叉小径所编织的语言的神秘花园——这个他自青年时代起就无比期冀沉浸于其中的想象力世界。只不过，当社会伦理主体被抛掷于理念实践的荒原之上，背负某种“道德债务”便成为他这一代思想者无可选择的精神宿命和思想主题。虽然他一如既往热爱着清晨一样的语言，却不得不在经年的写作中蘸满“正午的黑暗”。或许正是这种无可选择让他越来越倾心于“札记”这种写作方式——在表述道德义愤、伦理反思、社会批判之时，尽可能地邀请象征和隐喻的参与。对他来说，修辞能力是思想兴起的力量。如批评家的辨析所说：“论著是精耕细作的田地，札记是意识与感知中的荒野，到处是不具名称的、野生的事物，没有分类、没有边界的存在，过分荒凉或过于繁茂，这就是语言的荒野。”（《2013 年札记》）较之论著的严谨、周延、计划性、条分缕析，札记写作更多意味着开放性、即时性、未可知、神秘、热情……以及由此而来的想象多元性和思想穿透力。换句话说，虽然批评家的伦理感受、思想视野不愿逾越主体经验或背离感受力，其审美主体仍然期待在语言实践上能够超越经验的凡俗性、普遍性和重复性。

我们看到，在多年的写作实践中，耿占春在恢复主体性话语所做的理论努力中一直为其初衷——语言、诗歌与修辞——保留着重要的位置。一方面，他避免将现实的沉重和艰难对等性地转换为语言的阴戾和艰涩。这使他的写作和思想在关注冷峻现实的同时能够难得地呈现出一种“清晨”的气质与风格：他锻造、打磨了一种清凉而不乏温情、纯净而不减深度、严肃同时闪烁着露珠光泽的语言，对昏暗糟糕的经验进行澄澈的清算式书写。即便抒诉痛心之言，也尽量保持语言自身的节制、优雅和质感。另一方面，对思想深度和修辞新度的双向开掘，使耿占春的写作不仅有着矿脉一样明晰而坚韧的学理，同时散发着诗的细润微光和个人气息。

斯蒂芬·埃里克·布隆纳在继承康德观念的基础上认为：“是一种感性（sensibility）导致了推崇自由的理性概念。”耿占春的思想和写作提供了一个新的佐证：在语言和主体性充满悖谬性的历史语境中，他避免在“语言本体论”“主体性衰落”和意识主体之间作出非此即彼的选择。处在“良心的锯齿上”吁请语言的表现性以培育不竭的感受力，耿占春将看上去充满背反的主体性和语言、感受力与表现性的关系引入一个对话与相互生成的领域。语言是与感受性主体相关联的话语，主体性则通过“修辞以立诚”的活动得到展现。立足于“美学和道德之间”，“感受性主体”平衡着修辞的诱惑和思想的激情，既规避了主体陷入“唯我论”的幻想、观念的专断和概念的欺骗，同时免于写作活动变成不及物话语的狂欢游戏，以及不经意间成为各种意识形态的附庸。通过将感受性主体与表现性主体充满张力地协调起来，耿占春建构了一种具有个人修辞学气质的“广义的诗学”。

打捞记忆碎片中的苦难隐喻（代跋）

——青年批评家纪梅印象

李　森

虽然纪梅是我带的硕士生和博士生，她的批评才华和办事能力赢得了我的尊敬，但从人的角度看，我觉得，我对她知之甚少，很难写出一个可靠的印象。我们师徒在文字中交往，就像一首诗和一个批评文本，中间假设了一座解读的桥梁。

每一个人的成长和存在都是一个秘密，因为每一个心灵结构都是一个深渊。多数人陷入自己的深渊之中而不知深渊之难以泅渡，因此，多数人的存在既没有语言的般若，也没有文字的漂移。或许任何人使用的语言和文字对那个真正的自我来说，都是一个障碍。语言和文字已经成为当代人难以克服的智障。

观察一位批评家有很多途径，不过，通常我们可以观察的只是他们代替自己出场的语言和文字。语言和文字如箭矢，它们既是物，也是漂移迁流的方向。然而，以飞矢而喻之的语言和文字，往往背着人飞行。一切都那么虚无、那么堕落不止，更何况是人。

人往往是他自身的背叛者，犹如光明是光明的背叛者，黑暗是黑暗的依附者。但是，我们却只剩下了语言和文字，其他的更不可靠。这就是存在的悲催。

我对纪梅的印象还是从她的语言文字开始吧，尽管这座摇摆不定的古老的吊桥，已经难以支撑往来不绝的陌生行人。

还好，从青年诗歌批评家纪梅的文字中，我发现了她打捞记忆碎片的激情，这种激情是技术批评、修辞批评所缺少的。当然，她打捞的记忆碎片，不属于她个人的生活，而是他人或集体的某种苦难的记忆。

她和她作为生活中的人，是否穿越过苦难的荆丛我不得而知。可是，有一点是肯定的，她打捞某种苦难记忆的途径，是从阅读出发的。也许纪梅的阅读能照亮自己的深渊，将深渊里点燃的朵朵火光翻转为星空。可即便是天才，从深渊到星空的翻转，也需要一生一世的自我燃烧。

是的，多么冷的天，多么辽阔的深渊。从阅读出发，语言文字是一些人赖以取暖的柴火，那些形单影只、茕茕孑立的人们仅有这么一堆柴火。

的确，阅读是纪梅成长的一条途径。阅读不断地使她看清他人和自己，使她看清事物的存在，也使她进入千千万万种历史书写中的个人历史书写。

或许她真的在阅读中艰难而欢欣地翻转自己，从自己的深渊到自己的天空，从他人的天空到他人的大地，从集体历史的记忆到个人的生活。真的是这样吗，我不知道。也许只有她自己明白。语言和文字这座吊桥摇晃不止，人人都会眩晕。

我不想知道任何人的心灵结构内涵与书写的理由，是因为包括语言文字在内的一切已如破衣烂衫，已无法遮蔽冷若冰霜的身躯。但我猜想，纪梅仍然相信语言文字的魅力，这是一位年青批评家的幸福。她相信，恰恰证明她的批评年齿仍然坚硬有力。

我姑且相信我正在阅读中的语言文字吧。也只能如此。是故我要说，从某种意义上来看，纪梅的阅读就是她最真实的观察和体验，因为她的写作仍然一如既往地把信念赋予语言，在文字中驱动文字，将陌生的人领入自己的生命之境。她是幸福的，因为观照的对象有大写的苦难，她的文字中有苦难者的呻吟。就这一点而言，她的确在反抗脂粉书写，反对教材里以概念为出发点的太平间书写。

也就是说，一位年青的女子，在面对一个苍老的主题时，能够毫不含糊地去迎接，并将其书写为伤怀之歌，这在我们这个时代已是破冰的勇气。

是的，在纪梅的阅读中，她把自己引入了一条历史的河道。在这条河里，只流淌苦难，而没有诗意。

她是一位相信“主体”的人，不像我，在写作中既不相信“主体”的虚伪“反映”，也不相信“客体”的冷漠暴力。

曾几何时，我已经让主体与客体这对“冤家”休战了。而纪梅，仍旧相信可以可靠无误地唤醒主体的努力，尽管这种二十世纪上半夜以前的激情推动力已经显得苍老而无辜。

当然，我仍旧欣赏她的勇气，以一种平视的眼光赞赏她充满激情的打捞，就像在一条被污染的河道里打捞旧时明月，或像仰望一座迷雾重重的山峰上一轮虚拟的太阳。我也曾经“打捞”和“仰望”，如今已经遗忘。

苦难毫无例外地被划分为两部分：一部分属于遗忘，一部分进入了虚拟的世界。纪梅不这样认为，她纯朴地觉得一切都还有“打捞”和“仰望”的必要。

在读纪梅关于前苏联诗人阿赫马托娃、茨维塔耶娃、曼德尔施塔姆等诗人文章时，我明白在她的心灵结构中，已经悄然地在自我培植一种源于锋利之善意和璞钝之热烈的知识分子素养。

纪梅提醒我，我也曾经年轻过，但现如今已然平静地堕落，向着一个诗意的幻象空间滑行。由于看多了老少愤青们的虚伪和自私，看清了大写的苦难反复被利用，总觉得选择小我堕落已经胜于选择观念的飞翔。

我相信世人最终会原谅一颗远离江湖的心灵中那一对百孔千疮的翅膀。然而，更可笑的是，那世人也是虚拟的历史幻相。世人集体制造了一个巨大的深渊，然后欢乐地向暗处打钻。

的确，纪梅与我是不同的。我有一副扁担，一头担着虚幻的迷离漂移，一头担着遗忘的影子放逐；纪梅有一副扁担，一头担着现实主体的愤怒，一头担着历史客体的无助。

在历史记忆中，有的翅膀在光明中渐渐变黑，有的翅膀在黑暗中渐渐变亮。但问题是，如果光明和黑暗反复交换位置呢？我反复听见黑暗和光明在窃窃私语、如胶似漆，而纪梅却听见主体和客体在理论高下，像一把巨大的剪刀的两翼，企图剪破天空的蔚蓝。

然而，我必需要赞美纪梅。是的。在纪梅这一代人中，这种知识分子情操已经变得弥足珍贵。她主动地接受人类历史记忆中共同的苦难，并将各种集体记忆中的苦难引向自己的内心去承担，不管哪种苦难曾经在任何时代、任何民族、任何人的身上发生。事实上，所有苦难都来自于个人生活的经验，即个人灵魂和肉身的煎熬；所有苦难都在个人的心灵结构中将我们的感知系统刺穿，然后喷涌而出；所有苦难都弥漫在我们的周围，或枝繁叶茂般声浪汹涌，或煦光铿亮般扑朔迷离。

大写的苦难，总是在利用语言和文字涂抹光亮，像墓石上爬行的文字在反对死亡。

黑暗不是苦难的代名词，光明也非幸福的皈依之所。苦难是没有色彩的。甚至，苦难也没有形象。但是，我们也必须找到一些形象，推开已经生锈、发霉的历史之门。历史总是自己关闭了它的历史之门，将后来者隔离，使苦难和罪恶大胆地反复重演。一代代人被当做那一出出戏的角色。无论大的还是小的角色，我们都是角色。

更多的人属于记忆的背面。他们既没有语言，也没有文字；他们既不是主体，也不是客体；他们既不属于苦难的概念范畴，也不属于事实范畴；甚至，他们不属于历史，不会进入后来者的个人经验。更多的人，永远是深渊中的人，从来没有敲过历史之门。

能写出来的，已经是诗，而非苦难；能说出来的，已经飞翔，而不再黏于无底的深渊。

真正的苦难反对比喻，反对抒情，反对一切文学艺术。这是因为苦难与诗意创造总是各执一端。从纪梅的《米沃什：穿越历史到自然》一文中可以猜测，她似乎也赞同或欣赏“遗忘”。个人首先是苦难的遗忘者，然后才是那个深渊般抽象的集体。从某种意义上说，诗人的诗意创造就是对苦难的遗忘。因为，“遗忘”可以自我疗救。或者换一种说法，写诗可以将现实中的那个我抛弃。犹如佛陀，伟大的人物都在抛弃记忆中的生活，不管是源于苦难还是源于幸福。这应该是破除苦难之执障的超越之途。

《米沃什：穿越历史到自然》一文开头就引了这位诗人的一首诗：

如此幸福的一天。

雾一早就散了，我在花园里干活。

蜂鸟停在忍冬花上。

这世上没有一样东西我想占有。

我知道没有一个人值得我羡慕。

任何我曾遭受的不幸，我都已忘记。

想到故我今我同为一人并不使我难为情。

在我身上没有痛苦。

直起腰来，我望见蓝色大海和帆影。

——《礼物》（西川译）

纪梅在文章中评论说：“清晨，花园，蜂鸟，忍冬花，简单的劳作，海，帆——在经历了火光、清洗、大屠杀，经历了战争和极权主义统治的梦魇，经历了欧洲和美国的流亡生活，米沃什终于穿越‘历史’，于某个清晨走进了这些‘自然’事物。摆脱了‘历史面对着没有历史’的自然事物，感受真正的自然所馈赠的‘礼物’，他是如此幸福。”

“自然之物”成了通向自我遗忘的途径。在文章的最后，纪梅又写道：“此刻，他不再属于念念不忘的历史而属于自然。自然作为‘礼物’与馈赠被他在清晨的花园里发现了。”也就是说，尽管诗歌或创造诗意的写作一再地以拯救人的方式背叛苦难，但这种背叛，也许就是自我存在可靠性的重新“发现”。一种瞬间幻灭的幸福时刻的来临。

在纪梅的诗歌批评写作中，语言和文字表达的层面是浮动着的，语言如海，文字如船，信念如帆。我看到，那种对语言和文字的皈依之途仍然使她着迷。是的，我相信。即便在她的心中，主体和客体的二元批评结构仍然成立，但语言作为漂浮不羁的本体仍然会从二者之中穿越。穿越，将一切事实和观念摩擦得锃亮。这是她在《帕斯：石与花之间》一文中，对诗歌语言的炼金术士奥克塔维奥·帕斯的理解与赞叹：

> 历史不是“做共同死去的游戏”，我们今天活着也不是为了迎接明天的死亡。在20世纪轰隆隆的机器声和炮火声中，帕斯逆流而上，反其道而行，背对死亡的“出口”，“向里面跑去”。像找到玛丽·何塞那样幸运，他获得了净化的语言、时间的圆、生命的自足和圆满。自然、时间与语言，三者在帕斯身上完好地融合为一。

2016.11.3 燕庐